음~

리제롯테는 자기도 모르게 환희하고
고개를 끄덕이며 입가에 귀여운 미소를 그렸다.
그녀의 반응에 리오도 부드럽게 뺨을 이완했다.

정령환상기

이때를 기다렸다!
시작과 동시에 도망치게 해주마!
이 야마타노오로치로!

히로아키가 시작하자마자 외치며
신장을 든 팔을 높게 쳐들었다.

키타야마 유리
Yuri Kitayama
Illustrator ✦ Riv

13

한 쌍의 자수정

정령
환상기

커버 및 본문 일러스트_ Riv

CONTENTS

✤

플로라
벨트람

벨트람 왕국 제2 왕녀
현재는 용사
사카타 히로아키와
함께 움직인다

크리스티나
벨트람

벨트람 왕국 제1 왕녀
동생인 플로라를
뒤에서 걱정한다

로아나
폰테인

벨트람 왕국의 귀족 영애
플로라의 수행원으로
함께 움직인다

사카타
히로아키

이세계 전이자이며
용사 중 한 명
유그노 공작을
뒷배로 움직인다

시게쿠라
루이

이세계 전이자인
고등학생
벨트람 왕국의
용사로 움직인다

알프레드
에마르

벨트람 왕국 근위기사단장
「왕의 검」이라는 별명을
가진 왕국 최강자

리제롯테
크레티아

가르아크 왕국의 공작
영애이자 리카 상회 회장
전생은 고등학생인
미나모토 리카

아리아
거버네스

리제롯테를 모시는
시녀장이자 마검술사
세리아와는
학생 시절부터 친구

스메라기
사츠키

이세계 전이자이며
미하루 일행의 친구
가르아크 왕국의
용사로 움직인다

샤를로트
가르아크

가르아크 왕국 제2 왕녀
사츠키의 친구 겸 감독

센도
타카히사

이세계 전이자이며
아키와 마사토의 손위형제
센트스텔라 왕국의
용사로 움직인다

리리아나
센트스텔라

센트스텔라 왕국
제1 왕녀
타카히사의 감찰관으로
함께 움직인다

리오(하루토 아마카와)

어머니를 죽인 원수에게 복수하기 위해
살아가는 이 작품의 주인공
벨트람 왕국이 지명수배를 내려 가명인 하루토로 활동 중
전생은 일본인 대학생 아마카와 하루토

아이시아

리오를 하루토라고
부르는 계약 정령
희귀한 인간형 정령이지만,
본인의 기억은 애매모호

세리아 크렐

벨트람 왕국의 귀족 영애
리오의 학원시절 은사인
천재 마도사

라티파

정령의 마을에 사는
여우 수인 소녀
전생은 초등학생인
엔도 스즈네

사라

정령의 마을에 사는
은늑대 수인 소녀
리오 곁에서 바깥 세상
견문을 넓히는 중

아르마

정령의 마을에 사는
엘더드워프 소녀
리오 곁에서 바깥 세상
견문을 넓히는 중

오피아

정령의 마을에 사는
하이엘프 소녀
리오 곁에서 바깥 세상
견문을 넓히는 중

아야세 미하루

이세계 전이자인 고등학생
하루토의 소꿉친구이며
첫사랑인 소녀

센도 아키

이세계 전이자인 중학생
이부남매인 하루토를
미워한다

센도 마사토

이세계 전이자인 초등학생
리오에게 미하루, 아키와
함께 보호받는다

등장인물소개

【 프롤로그 】 ✤ 전투 후

5만 병사를 이끌던 샤를 아르보의 멱살을 잡고 리오가 언덕에서 내려왔다.

크리스티나는 입술을 깨물고 애써 아무렇지 않은 척하며 그 광경을 지켜보았다. 잠시 뒤, 근처에 와서야 리오는 말없이 샤를을 바닥에 집어 던졌다.

"하, 하하……."

샤를은 전의를 상실하고 메마른 웃음을 흘렸다.

"모두 괜찮으세요?"

리오가 세리아와 오피아를 보며 물었다. 바네사도 그렇고 리오가 도착했을 때는 둘 다 쓰러져있었기 때문이었다.

"응. 나는 살짝 부딪힌 정도라 괜찮아. 바네사 씨도 기절했을 뿐이라 목숨에는 지장이 없어. 그런데 오피아가……. 마력을 봉인하는 마술을 건 목걸이는 디스펠로 풀긴 했는데……."

세리아는 오피아의 배에 손을 뻗어 치유마법을 거는 중이었다.

오피아 옆에는 샤를이 채웠던 목걸이가 떨어져 있었다. 일반적으로 마봉의 족쇄라 불리는 마도구였다.

이름처럼 마력을 봉인, 즉, 마력을 방출할 수 없게 하는 효과가 있는데 정확하게는 착용한 사람의 마력으로 마력 제어를 교란하는 마술을 발동해 마력을 마음대로 쓰지 못하게 하는 물건이었다. 일단 마력만 흡수하면 자동으로 발동했다.

"괜찮아요. 세리아 씨의 힐이 효과가 있어요."

오피아가 당차게 웃으며 대답했다. 그러자 기절한 바네사를 살피고 전투를 지켜봤던 크리스티나가 세리아에게 다가갔다.

"선생님, 움직이지 마세요. '힐'."

크리스티나가 오피아를 치료하는 세리아의 뺨에 손을 대고 샤를이 때린 곳이 붓지 않게 치유마법을 발동했다. 본인은 괜찮다고 했지만, 오피아를 치료하느라 바빠서 일시적으로 아프지 않은 걸 수도 있고 무엇보다 뺨이 애처롭게 부어올라 있었다.

"……고맙습니다. 크리스티나 님."

세리아가 이제야 통증을 느낀 것처럼 멍한 표정으로 감사를 표했다.

"아닙니다."

크리스티나가 어두운 얼굴로 대답했다. 리오는 오피아 근처에 있던 마봉의 족쇄를 주워들고 샤를에게 다가가 채웠다.

"하하하……."

샤를은 별다른 저항 없이 가만히 있었다. 현실도피라도 하려는 것인지 망가진 것처럼 웃었다.

리오는 샤를의 몸을 수색하다가 마봉의 족쇄를 두 개 더 발견하고 회수했다. 그리고 포박하기 적당한 밧줄을 챙겨 샤를의 팔을 묶었다.

"사라 씨, 아르마 씨."

리오가 두 사람의 이름을 불렀다.

"네."

그들이 나란히 대답했다.

"주변 적의 무장을 해제하고 밧줄로 묶어 한곳에 모아주 시겠어요? 아직 싸울 힘이 남아서 저항할지도 모르니 주 의하시고요."

"알겠습니다." "맡겨만 주세요."

사라와 아르마가 힘차게 대답하고 재빠르게 행동에 들 어갔다. 리오가 쓸어버린 적이 여기저기 쓰러져있었다.

"레이 씨, 코우타 씨."

리오가 할 일 없이 서 있던 두 사람에게도 말을 걸었다.

"네, 네."

"적의 무기를 회수해서 다른 곳에 모아주실래요?"

"알겠습니다."

코우타와 레이가 조금 긴장한 표정으로 행동에 옮겼다. 리오는 그 틈에 기절한 알프레드에게 다가갔다.

'……혹시 모르니까 이 사람에게 족쇄 두 개만 채워두자.'

착용자가 마력 제어에 능숙하면 마봉의 족쇄의 효과를 거스르고 마력을 쓸 수 있었다. 고도의 마법을 쓰기는 어 렵지만, 알프레드가 상당한 실력자인 점을 고려하여 리오는 마봉의 족쇄를 두 개 사용하기로 했다.

밧줄로 손을 묶은 뒤, 옆에 있던 알프레드의 마검을 회수하고 이번에는 루이에게 갔다.

'루이 씨는……'

리오는 루이 곁에 멈춰 서서 고민했다. 육현신의 사도인 용사를 포로로 구속해야 하나 말아야 하나. 루이와는 적잖이 친한 사이기도 했다.

달리 신경 쓰이는 점도 있었다. 싸우면서 루이가 망설이는 것을 느꼈다. 기절시키기 전, 대화를 나눴을 때는 전의를 상실한 듯이 보였다.

이런 상태로는 깨어난다 할지라도 승패가 결정된 상황에 루이가 생각 없이 저항하거나 날뛸 것 같지는 않았다.

리오는 잠시 생각한 뒤 루이를 정중히 안아 들었다. 구속하지는 않았다. 다만, 아직도 싸울 생각이라면 잡아두는 수밖에 없었다.

"음……."

의식을 되찾은 루이가 살며시 눈을 떴다.

"안녕하세요."

리오가 조금 멋쩍게 인사했다.

"……하루토 군. 아, 나는……."

루이는 금세 자기가 어떤 상황에 처해있는지 깨달았다.

"거칠게 대하지 않을 테니 얌전히 있어 주실 수 있죠?"

"네. 저항할 생각 없어요."

리오가 묻자 루이가 힘없이 고개를 끄덕였다.

"……."

리오는 아무 말 없이 루이를 안고 동료들에게 다가갔다. 그 사이, 루이가 말문을 열었다. 심지어 기쁜 듯이.

"태어나서 처음이에요. 정면으로 싸워서 누군가에 진 건."

"힘 조절 못 하고 기절시켜서 죄송합니다."

"아뇨, 신기하게 기분이 상쾌해요. 그러고 보니…… 남한테 이렇게 안기는 것도 처음이네요. 적어도 철든 이후로는."

루이가 해가 저물기 시작한 하늘을 눈부시게 쳐다보며 키득키득 웃었다.

"……죄송합니다."

"사과하지 마요. 기분 좋으니까."

루이의 웃음에 이끌려 리오도 키득 웃음을 흘렸다.

"하루토 군에게 져서 다행이에요. 정말로……."

루이가 하늘을 우러러보며 진지하게 중얼거렸다.

정령환상기

【 제 1 장 】 ❖ 국경 너머

몇 분 후, 리오는 기절한 알프레드를 깨우고 루이와 샤를과 함께 크리스티나 앞으로 연행했다.

세리아는 혹시 모른다며 회복한 오피아를 계속 치료했고 사라와 아르마는 무슨 일이 벌어져도 대응할 수 있도록 연행자들을 포위했다.

한편, 의식을 되찾은 바네사는 샤를이 이끌던 부하와 부대가 수상한 움직임을 보이지는 않는지 코우타와 레이와 함께 눈을 번뜩였다.

다행히도 리오와 싸우다가 죽은 사람은 없었다. 하지만 리오의 바람의 정령술에 대처하지 못하고 중상을 입은 사람이 적지 않았다. 그래서 밧줄로 구속하되 위독한 사람은 마도사에게 치료받을 수 있게 했다.

"잘도 이런 짓을 했군."

크리스티나가 벌레라도 씹은 듯이 샤를을 보며 입을 열었다.

"……무슨 말씀이신지. 그건 제가 할 말입니다. 역시 무도회에 데려가는 게 아니었어. 남몰래 저런 괴물을 끌어들이다니."

샤를이 나약하게 자조하며 대답했다. 전의는 상실했지만, 조금이나마 냉정함을 되찾았는지 일단 제대로 된 대화를 나눌 수 있는 정신적인 여유는 생긴 모양이었다. 그는 말을 마치고 화난 눈으로 리오를 보았다.

"발언을 거두고 사과하도록. 아마카와 경은 괴물이 아니야."

크리스티나가 노골적으로 얼굴을 찌푸리며 말했다.

"풋, 하하핫!"

샤를이 비웃음을 던졌다.

"저 괴물만, 저 괴물만 없었으면……."

분에 차서 뭐라 뭐라 중얼거렸다.

'나와 크리스티나 왕녀를 묶어준 게 세리아인 줄 모르고 있는 건가?'

리오가 무표정하게 샤를의 원망을 흘려들으며 추측했다. 레이스가 왜 그 부분을 설명하지 않았는지는 모르겠지만…….

크리스티나도 똑같은 생각을 했는지 순간적으로 의아한 표정을 지어 보였다.

"……이곳은 아직 벨트람 왕국의 세력권 내. 포박했다고는 하나, 적에게 포위된 채 오래 대화하는 것은 좋지 않습니다. 지금 당장 국경을 넘는다 해도 빠른 건 아닌데 어떻게 할까요?"

리오가 옆에 있는 샤를 일행과 언덕 위에 있는 부대를 보며 크리스티나에게 물었다. 누구에게 어떤 처우를 내리고 어떻게 행동할지를.

"······샤를과 알프레드는 포박해서 데려가겠습니다. 자세한 건 나중에 조사하죠."

잠시 생각하던 크리스티나가 곧 결론을 내렸다.

"어라. 그러면 저는 어떡하죠?"

루이가 어깨를 으쓱하며 장난스럽게 물었다.

"용사인 당신을 포박해서 끌고 갈 수는 없습니다. 본인 뜻으로 우리와 동행한다면 이야기가 다릅니다만······"

크리스티나가 자연스럽게 루이에게 선택권을 넘기고 그가 뭐라고 대답할지 살피듯 말했다. 용사를 구속해서 포로로 끌고 다니면 정치적 공격 소재가 될 것이 뻔했다. 적어도 적대할 의사가 없다는 자세는 철저히 유지하게 해야 했다.

"그렇군요······."

루이가 코우타를 보며 조금 쓸쓸한 표정을 지었다.

"그러면 저는 왕도로 돌아가겠습니다."

코우타의 뒷모습을 바라보며 자기 뜻을 밝혔다. 코우타는 루이를 보지 않으려는 생각인지 한 번도 돌아보지 않고 주위를 감시했다.

"······괜찮겠습니까?"

크리스티나도 코우타의 뒷모습을 보며 루이에게 물었다.

"네. 사랑하는 사람이 제가 돌아오기만 기다리고 있어서."

루이가 고개를 끄덕이고 분명하게 말했다.

"······."

그 순간, 코우타가 움찔했다. 표정은 보이지 않지만, 옆에 있는 레이가 코우타를 보고 한숨을 내쉬었다.

"코우타."

루이가 코우타를 불렀다.

"……."

코우타는 대답하지 않았다.

"네가 성을 떠난 이유가 뭔지 알아. 그렇기에 건드리지 않고 너를 데려가려고 했어……. 하지만 너와 사이키 선배가 걱정돼서 데려가려던 마음은 진심이야. 그래서 쫓아온 거야. 그러니까 제대로 얼굴 보고 확인하고 싶어. 성을 떠나도 괜찮아? 너 앞으로, 이 세상에서, 잘 살아갈 수 있어?"

루이가 코우타를 걱정하며 그 뒷모습을 향해 말을 걸었다.

"……."

"괜찮다고 대답한다면 네 말을 믿을게. 억지로 데려가려고 하지도 않을게. 너와 다시 만날 수 있다고 믿고, 너를 믿으며 기다릴게. 너는 내 소중한 친구니까."

코우타는 대답하지 않았지만, 루이의 말은 멈추지 않았다.

'나는!'

코우타가 등을 떨며 거칠게 소리쳤다. 이 세계의 말이 아니라 일본어로…….

'……나는, 너에게 열등감을 느꼈어. 귀국 자녀로 편입한 너는 재능 넘치고 얼굴도 잘생겨서 금방 학교에서 인기를 끌었지. 그런데 하필이면 너와 아카네가 같은 동아리에 들어갔고 어느 날 보니 소꿉친구인 나보다 아카네가 너와 친해졌더라……. 나는 너를 질투했어. 공부도, 운동도, 외모도, 널 이길 수 없었어. 아카네는 그런 너를 대단하다고 칭찬했지. 나는 그때마다 질투했고 네가 싫어지려고 했어.'

코우타가 괴로워하며 말했다.

"코우타…….."

'그런데 너는 정말 좋은 놈이라 이런 나를 소중한 친구라고 해줬고, 미워할 수가 없었어. 이 세계에 왔을 때도 말이 통하지 않아 아무것도 못 하는 우리를 위해 매일, 매일, 몇 시간씩 문법과 단어를 알려주고……. 사실은 네가 제일 힘들었을 텐데 말이 통하지 않는 우리가 고생이라며 괜찮은 척이나 하고. 그래서…….'

거기서 입술을 꽉 깨무는 코우타의 뒷모습을 모두가 묵묵히 바라보았다. 루이가 하는 말은 신장의 효과로 말이 자동으로 번역됐지만, 코우타의 말은 거의 모든 사람이 알아듣지 못했다.

당사자인 루이와 같은 일본인인 레이, 아마카와 하루토의 기억을 가진 리오만이 코우타가 무슨 말을 하는지 정확하게 이해했다.

그래도 코우타가 속에 맺힌 말을 털어놓고 있다는 것은 말을 알아듣지 못 하는 사람이 봐도 명백했다.

'아카네가 너를 좋아하는 건 당연한 일이었어. 그리고 너도 아카네를 좋아했지. 나는 그걸 인정하기 싫었어. 너희

와 더 같이 있다가는 내가 이상해지겠다 싶을 정도로 질투했어. 그런 내가 싫었어. 좀스러웠어. 그래서 너와 아카네에게서 도망친 거야. 그뿐이야…….'

코우타도 사실을 말하고 주먹을 틀어쥐었다.

"……미안해."

루이가 안타까운 얼굴로 사과했다.

'사과하지 마……. 너도 힘들었잖아. 아카네는 둔해서 내 마음을 몰라. 하지만 너는 알고 있었고 그래서 우리 사이에서 이러지도 저러지도 못했잖아. 나야말로 미안해. 말도 없이 사라져서. 걱정하는 게 당연해.'

코우타가 괴로운 마음을 견디듯 얼굴을 찌푸리며 사과했다. 그리고 처음으로 뒤돌아 루이를 마주 보았다.

'나는 괜찮아. 성을 떠나서도 잘 살려고 노력할게. 그러니까 내 걱정도, 배려도 하지마. 언젠가 네게 열등감을 느끼지 않게 되면 내가 너희를 만나러 갈 테니까……. 이런 나를 소중한 친구라고 생각해줘서 지금까지 고마웠어. 나에게도 너는 소중한 친구야.'

루이는 눈을 감고 깊게 고개를 끄덕였다.

"응, 우리는 소중한 친구야."

'아카네를 잘 부탁해. 그 녀석한테 나는 괜찮다고 전해줘.'

"……알았어."

마지막 대화를 나누고 코우타는 다시 루이에게서 등을 돌렸다.

"사이키 선배도 조심하세요."

루이가 레이에게 말했다.

'응. 나는 빈둥거릴 거야.'

레이가 어깨를 으쓱하고 대답했다.

"네. 그리고 궁금해서 그런데 머리카락은 염색하신 거예요?"

루이가 그들의 머리카락을 보며 물었다.

"아, 이건……."

코우타와 레이가 얼굴을 마주 보고 난처한지 입을 다물었다. 머리카락 색을 바꾸는 마도구는 가능한 한 언급하지 말아 달라고 리오가 부탁했기 때문이었다.

"일반적으로 알려지지 않은 방법으로 바꿨습니다."

리오가 대화에 끼어 루이에게 설명했다.

"아. 수색이 난항을 겪은 이유 중 하나가 이거였군요."

루이가 받아들이고 살짝 웃었다.

"그건 그렇다 치고. 하루토 군, 고맙습니다. 무슨 말인가 싶겠지만, 당신이 저를 이긴 덕분에 제 안에 있던 망설임이 사라졌어요. 덕분에 저는 코우타와 제대로 마주할 수 있었고 코우타도 돌아봐 줬어요."

루이가 밝게 말하고 리오에게 깊게 머리를 숙였다.

"……아닙니다."

리오가 부드럽게 미소 지으며 고개를 가로저었다.

"죄송합니다, 이야기가 길어졌네요. 이 앞에 있는 국경

을 넘고 우회해 로다니아로 갈 거죠? 언덕까지 따라갈게
요. 제가 있으면 병사들과 싸울 걱정도 없을 테니까."

루이가 기다리던 다른 사람들에게 사과하고 5천 병사가
대기 중인 언덕을 보며 제안했다.

"……감사합니다. 오피아 씨는 괜찮습니까?"

크리스티나가 루이에게 인사한 뒤, 오피아가 괜찮은지
물었다. 오피아는 아직 세리아의 치료를 받으며 바닥에 앉
아 있었다.

"네. 저는 이제 괜찮아요. 고마워요, 세실리아 씨."

"아니야. 정말 괜찮아?"

오피아가 세리아를 가명으로 부르며 감사를 표하고 흔
들리는 기색 없이 일어섰다. 하지만 세리아는 아직 걱정스
러운 얼굴이었다.

더 안정을 취하게 하고 싶지만, 이곳에 계속 머무를 수
는 없었다.

"……국경까지 제가 옮기겠습니다."

리오가 오피아에게 다가가 제안했다.

"네……?"

오피아가 놀라서 눈을 동그랗게 떴다.

"만약을 위해서요. 좀 더 쉬세요."

"지, 진짜 괜찮아요!"

"부탁해도 될까? 하루토."

오피아가 웬일로 허둥지둥했지만, 세리아가 리오에게

부탁했다.

"네, 맡겨주세요. 바네사 씨, 알프레드 씨의 검입니다. 원래는 전하에게 드려야 하지만, 이동 중에는 짐만 될 테니 바네사 씨가 맡아주시겠습니까?"

리오가 힘차게 고개를 끄덕이고 알프레드의 검을 들고 바네사에게 다가갔다.

"……그래, 좋아. 고맙다."

바네사가 알프레드의 검을 물끄러미 보더니 힘차게 쥐었다.

"이것도 기회인데 받아들이는 게 어떻습니까?"

"그래요. 후회할 수도 있잖아요."

사라와 아르마가 오피아에게 다가가 속삭였다. 평소에는 오피아가 놀리는 쪽이라 기다렸다는 듯이 짓궂은 얼굴로 제안했다.

"너, 너희 진짜."

오피아가 얼굴을 붉히며 항의했다.

"무슨 일 있어요?"

돌아온 리오가 속닥거리는 세 사람에게 물었다.

"아뇨, 아무것도. 오피아가 하루토 씨의 도움을 받고 싶은 모양이에요."

"오피아 언니를 잘 부탁드립니다."

사라와 아르마가 장단에 맞춰 판을 깔았다.

"으……. 그, 그럼…… 부탁드려요, 하루토 씨."

오피아가 쑥스러운지 얼굴을 붉히고 리오에게 고개를 숙였다.

"알겠습니다. 실례할게요."

리오가 오피아를 가볍게 안아 들었다.

오피아가 리오 품에 쏙 들어갔다. 생각해보니 오피아가 리오에게 안기는 건 이번이 처음이었다.

리오가 신체를 강화하면 자기를 어렵지 않게 들 수 있다는 것을 머리로는 이해하지만, 실제로 가볍게 안아 들리고 나니 창피함이 몰려왔다.

"……."

오피아가 빨개진 얼굴을 숙였다.

"이제 갈까요?"

리오가 크리스티나에게 말했다. 그들은 조금 떨어진 곳에 무장을 해제하고 구속한 기사와 마도사를 두고 국경으로 이어지는 언덕으로 향했다.

◇ ◇ ◇

언덕 위에 도착했다. 그곳에는 5천 명이 넘는 대규모 부대가 있었지만, 접근하는 리오 일행과 어떻게 대치해야 할지 몰라 동요했다. 샤를이 아무런 저항 없이 포박됐으니 꺼림칙하기도 했다.

"다시 보니 수가 상당하군……."

크리스티나가 병사들을 둘러보고 말했다.

현재 그들이 있는 곳은 동맹을 끊은 가르아크 왕국과 국경을 접하고 적대 파벌 유그노 공작파가 거점을 둔 로던 후작령과 가까운 지점이었다.

방어 전력을 남겨야 하니 처음부터 그에 상응하는 수의 병사가 근무했을 것이라는 점은 쉽게 추측할 수 있었다.

"추적부대를 마도선으로 수송할 수 있는 만큼 수송하고 성채도시에 있던 병사도 대부분 동원한 모양이니까요. 5천은 되는 것 같습니다."

루이가 말했다. 확실히 마도선이라면 크레이아에서 이곳까지 하루가 걸리지 않게 이동할 수 있고 한 번에 수백 명 단위로 수송할 수 있었다.

"그렇군요. 그건 그렇고 이만한 병력을 잘도 국경 부근에 전개했군. 가르아크 왕국을 도발하는 행위라는 것쯤은 알았을 텐데."

크리스티나가 샤를에게 서늘한 시선을 보냈다.

성채도시 내에 병력을 주둔시키는 것뿐이라면 모를까, 국경 가까이 대규모 부대를 전개해 가르아크 왕국이 자극받았을 터였다. 상식적으로 생각하면 침략 준비로도 받아들일 수 있는 행위였다.

가르아크 왕국에는 나름 병사를 움직이는 이유를 댔겠지만, 정세가 이렇지 않더라도 그들이 순순히 믿을 리 없었다. 벨트람 왕국이 병사를 움직인 덕분에 가르아크 왕국도 병사를 동원할 명분이 생겼고 오해를 풀려면 신속하게 병사를 철수시키고 가르아크 왕국의 인물과 접촉해 사정을 설명하고 사과해야 했다.

"훗, 이 정도로 무슨. 벨트람 왕국 본국과 가르아크 왕국 사이는 이미 냉랭합니다. 그리고 이 작전 덕분에 전하의 허를 찌를 수 있었죠. 하하."

샤를이 될 대로 되란 듯이 비웃으며 살짝 득의양양하게 내뱉었다.

상식적으로 생각하면 고를 리 없는 선택지라서 자연스럽게 가능성에서 제외했다. 그렇기에 그 선택지를 고른다면 상대의 의표를 찌를 수 있었다. 그런 의미로는 참으로 대담하고 효과적이며 교활한 작전이었다.

"……."

크리스티나의 시선이 더욱 차가워졌다.

벨트람 왕국 본국과 가르아크 왕국 사이가 냉랭해진 것은 다름 아닌 아르보 공작파의 정책 때문이었다.

"……잘난 척 말하지만, 이 작전을 세우고 실행을 지시한 것은 이 남자가 아니라 레이스 아닐까요?"

갑자기 리오가 지적했다. 레이스의 알 수 없는 정체와 조금 전에 나눈 설전으로 그런 생각이 이어졌다.

"뭣……!"

샤를이 놀라서 눈을 부라리고 조금 동요하는 반응을 보였다.

"정곡을 찔렀나 보군."

크리스티나가 차갑게 말했다.

"시, 실례되는 말을! 나와 레이스 공이 함께 생각하고 실행했다! 너만 없었으면!"

샤를이 시뻘건 얼굴로 리오를 노려보았다.

"프로키시아 제국 대사인 그 남자는 벨트람 왕국과 가르아크 왕국 사이가 악화되어야 좋은가 봅니다. 그래서 상황이 어떻게 되든 상관없었고 당신은 지금까지 이용만 당한 거군요."

리오가 일부러 샤를을 도발하며 마치 속이 다 보이는 것처럼 차분하게 말했다.

"뭐……라고? 너, 너……!"

할 말을 잃었다가 곧 격분한 샤를의 시선이 순간적으로 자신감을 잃고 흔들렸다

'레이스의 목적을 캐낼 생각이었는데 반응을 보니 이 남자도 쓸만한 정보는 없는 모양이야.'

그때는 1분 1초가 아쉬워서 레이스 일당을 두고 가는 수밖에 없었지만, 이제 와서 돌아갈 수도 없고 돌아간들 거기에 있을 리 없었다. 샤를에게서만 정보를 파낼 수 있게 됐지만, 기대는 안 하니만 못 할 것 같았다.

'그러면 그 남자는 처음부터 자기가 질 줄 알고 양동 작전을 실행한 건데. 이쪽은 잡았는데 저쪽은 못 잡아서 아까운걸. 정탐과 적을 찾는 실력은 나보다 위야.'

유일하게 레이스의 계산을 벗어난 것은 고생해서 시간을 벌었는데도 샤를이 크리스티나 일행의 신병을 확보하지 못한 것이리라. 아니면 샤를의 패배도 예상하지 못한 사항이었을까?

"말을 잘라 실례했습니다."

리오는 하는 수 없이 체념하고 크리스티나에게 사과했다.

"아닙니다. 저도 살짝 흥분했던지라. 덕분에 머리가 차가워졌습니다. 어서 병사를 도시까지 철수시키죠."

"그러면 제가 병사들에게 말하겠습니다."

루이가 직접 나섰다.

"그래 주신다면야……. 도와주셔서 진심으로 감사드립니다."

크리스티나가 감사를 표했다. 최고 지휘관인 샤를을 협박하는 방법도 있지만, 순순히 협력할지 알 수 없고 이상한 말이나 명령을 했다가는 상황이 복잡해질 우려가 있었다.

그 점을 생각하면 루이는 지휘관은 아니지만, 용사였다. 육현신이라는 신들이 국교라는 이름으로 정치적으로 이용되는 한, 신의 사도의 말을 가볍게 여길 리 만무했고 병사들도 창을 거두기 쉬울 것이었다. 쫓기는 중인 크리스티나가 명령하는 것보다 훨씬 영향력이 있었다.

"다녀오겠습니다."

루이가 홀로 수백 미터 앞에 있는 부대로 걸어갔다. 그 거리가 10미터로 좁혀지자 병사들 사이에서 고위 사관으로 보이는 남자가 뛰어나와 루이에게 말을 걸었다. 루이는 리오 일행을 돌아보고 사관에게 설명하기 시작했다.

즉, 보다시피 그들이 졌고 샤를과 알프레드가 포로로 연행된다는 점. 그들은 크리스티나 일행을 보내줘야 하며 병사를 거두어야 한다는 점.

고작 한 검사에게 정예기사와 마도사 부대가 쓸려나가고 왕국 최강의 검사와 용사가 압도당했으며 어마어마한 5천 병사가 아무것도 하지 못하고 최고 지휘관이 끌려가는 장면을 멀뚱히 지켜보았다.

"……."

전열이 사라진 패배를 그제야 현실로 받아들였는지 사관이 입술을 깨물었다. 이대로라면 그들의 목이 물리적으로 날아가게 생길 판이었다.

그 뒤로 몇 분 안 되는 대화를 나누고 루이가 발을 돌려 리오 일행에게 돌아왔다.

사관도 주위 병사들에게 뭐라고 말했다. 그러자 길을 막은 병사들이 줄줄이 좌우로 물러나 길을 만들었다.

"자, 지나가세요."

돌아온 루이가 다시 언덕을 돌아보며 진행 방향으로 손을 뻗어 리오 일행에게 출발을 권했다.

"감사합니다."

크리스티나가 공손하게 감사를 표했다.

"신경 쓰지 마세요. 샤를 씨와 알프레드 씨도."

루이가 고개를 가로젓고 포로로 끌려가는 두 사람에게 말했다.

"……."

샤를은 분해서 아무 말 없이 루이를 보았다.

"무엇을 말입니까?"

알프레드는 차분하게 루이에게 물었다.

"제가 어디까지 할 수 있을지는 모르겠지만, 뒷일은 맡겨주세요. 이번 일은 제가 왕도에 보고하겠습니다. 누가 책임지고 죽는 일은 없을 거라고 맹세할게요."

루이가 두 사람에게 말했다.

"……."

샤를이 얼굴을 찌푸렸다.

"잘 부탁드립니다."

반면 알프레드는 깊이 고개를 숙였다.

"네. 다시 만나기를 기도할게요. 그럼 이만."

루이가 알프레드에게 말했다.

"걸어."

바네사가 알프레드와 샤를을 재촉했다.

"알았다."

알프레드가 짧게 대답하고 걸음을 뗐다. 샤를은 명령이 마음에 안 드는 모양이었지만, 바네사가 검집으로 등을 누르자 마지못해 발을 뗐다.

둘 다 마력을 봉인하고 쇠고랑을 차 저항하지 못했다.

주위에는 길을 비킨 병사들의 시선이 가득했다. 완전히 구경거리였다. 자존심이 센 샤를에게는 이보다 더한 굴욕이 없었다.

"젠장……. 젠장……."

샤를이 자기를 구하지 않는 병사들을 둘러보고 중얼거리며 고개를 숙였다. 자신에게 쏟아지는 병사들의 시선이 무서운지 도망치듯이 걸음을 서둘렀다.

사라가 그 뒤에서 걷고 크리스티나, 세리아, 코우타, 레이가 뒤를 이었다.

"잘 가, 코우타. 사이키 선배도 다시 만나요."

루이가 길을 지나는 코우타와 레이를 불렀다.

"응." "또 보자."

코우타가 고개를 끄덕이고 짧게 대답했다. 레이도 가볍게 손을 흔들어 루이와 작별을 마치고 앞서 걷는 크리스티나 일행을 쫓았다.

"하루토 군."

루이가 코우타와 레이 뒤에 있던 리오에게 말을 걸었다.

"네?"

"가르아크 왕국에서 헤어지며 했던 말 기억해요?"

"네. 정원에서 있었던 일 말이죠?"

리오는 가르아크 왕성에서 루이와 헤어지던 때를 떠올렸다.

"다시 만나면 친구처럼 대화하고 싶다던 약속은 지키지

못했지만, 이다음에는 그 약속이 지켜지기를 바랄게요."

"네."

눈을 똑바로 바라보며 말하는 루이에게 리오가 동의했다.

"또 전장에서 대치하는 일은 피하고 싶으니까요. 당신과 싸우면 목숨이 몇 개 있어도 부족할 것 같으니. 이왕 싸운다면 대치가 아니라 함께 싸우고 싶어요."

루이가 살짝 장난치다가 진지하게 말했다.

"저도 루이 씨와 전장에서 대치하고 싶지 않아요. 원거리에서는 특히나……. 저격 실력이 대단했어요."

리오가 루이의 저격 실력을 칭찬했다.

"결국, 한 번도 못 맞췄지만요."

"루이 씨가 망설이지 않고 철저히 거리를 두고 싸우면 결과가 달라질지도 몰라요."

"글쎄요……."

루이가 눈을 내리뜨고 자신 없어 하며 말했다.

"하루토 군, 만약 코우타와 사이키 선배가 몹시 곤란한 상황에 부닥치면 할 수 있는 범위 내에서만이라도 좋으니 신경 써줄래요?"

그가 고개를 들고 조금 앞서 걷는 코우타와 레이를 보며 리오에게 부탁했다.

"제 소중한 친구와 선배예요. 그러니까 이 세상에서 사귄, 마찬가지로 소중한 친구라고 생각하는 당신에게 저들을 부탁하고 싶어요. 저들만의 힘으로는 방법이 없을 때,

당신이 곁에 있어 주는 것만으로도 족하니까."

"……알겠습니다. 만약 두 사람에게 정말 곤란한 일이 생기면 할 수 있는 범위 내에서 힘을 보탤게요."

"고마워요……. 하루토 군은 한계가 없을 것 같지만, 만약 당신에게 정말 곤란한 상황이 닥치면 친구로서, 제가 당신을 위해 움직이겠다고 맹세할게요."

"그렇다면 저도."

두 사람은 부드럽게 웃으며 눈빛을 주고받았다. 루이는 더는 아무 말 않고 리오 일행의 반대쪽으로 걸어갔다.

"갈까요?"

리오가 다정하게 웃으며 품에 안겨있던 오피아와 후위를 맡은 아르마에게 밀을 길고 앞시 걷는 세리이 일행을 뒤쫓았다.

◇ ◇ ◇

리오 일행은 벨트람 왕국과 가르아크 왕국을 잇는 길 위의 국경 지점에 가르아크 왕국이 관문으로 설치한 요새에 도착했다. 참고로 벨트람 왕국은 리오 일행이 마지막으로 들른 성채도시를 실질적인 관문으로 여기고 있었다.

평소에는 열려있을 요새 문이 굳게 닫혔고 문 앞에 병사 몇 명이 삼엄하게 버티고 있었다.

"멈춰라!"

리오 일행이 접근하자 경계하며 외쳤다.

"멈추죠. 제가 대응하고 올게요."

리오의 지시에 따라 모두 멈춰 섰다.

참고로 여기로 오는 길에 세리아를 제외한 전원이 머리카락 색을 바꾸는 마도구를 해제했고 후드도 벗어 얼굴을 드러냈다. 수색부대의 추적을 피했으니 변장할 필요가 없어졌기 때문인데 세리아는 가까이에 전 약혼자 샤를이 있어서 변장을 풀지 않기로 했다. 언젠가 정체를 밝히더라도 여기서 그러면 귀찮을 것이라며 계속 변장하기로 했다.

"······너희는 누구냐? 거기 둘은······ 벨트람 왕국 기사인가?"

문지기 중 한 명이 리오 일행을 노려보며 샤를과 알프레드를 험악한 얼굴로 검문했다.

"오피아 씨, 내려드려도 될까요?"

"네."

오피아가 안긴 상태에서 풀려났다. 이동 중에도 만약을 위해 몰래 스스로 치유 정령술을 걸어서 오래전에 다 나았지만, 도중에 내려줘도 괜찮다는 말은 한 번도 못 했다. 수십 분 만에 직접 땅을 밟았는데 표정이 쓸쓸해 보였다. 아무튼.

"저는 가르아크 왕국 명예기사 하루토 아마카와입니다. 관문을 통해 국내에 들어가고 싶은데 국경을 따라 전개된 벨트람 왕국군 일로 설명하고 싶은 것도 있습니다. 책임자를 만날 수 있을까요?"

리오가 병사들과 거리를 좁히고 정체를 밝혔다.

"며……명예기사?! 시, 실례했습니다! 귀족이셨군요. 신분을 증명할 물건이 있으십니까?"

병사들의 표정이 바뀌고 태도도 정중해졌다.

"폐하가 하사하신 명예기사 휘장입니다. 이거면 될까요?"

리오가 외투를 벗으며 문지기들에게 다가가 확실하게 볼 수 있는 거리에서 옷깃에 단 휘장을 보여줬다.

"부, 분명히 이건 왕가의 문장……. 문제없습니다! 바로 보고해 책임자를 데려올 테니 잠시만 기다려주십시오. 이봐, 어서 들어가서 사정을 설명하고 와."

문지기가 긴장한 얼굴로 꿀꺽 침을 삼키고 부하에게 명령했다.

"네, 네!"

명령받은 병사가 황급히 달려가 작은 출입문을 통해 요새 안으로 들어갔다.

"저는 일행에게 돌아가겠습니다."

리오는 발을 돌려 일행이 기다리는 곳으로 돌아갔다. 문지기와의 거리는 10미터 정도. 그리고 잠깐 기다리게 됐다.

"저기, 명예기사가 그렇게 대단한 거야? 대장이 엄청나게 긴장하던데. 일반 기사랑은 달라?"

"바보야, 명예기사는 백작급이라고. 실례라도 했다간 우리 목은 가볍게 날아가는 거야. 그 정도로 대단하다고 기억해놔."

"으, 응……."

병사들이 소곤소곤 떠들었다. 그리고 세리아와 사라, 오피아, 아르마, 크리스티나처럼 아름다운 여성들이 모였기 때문인지…….

"야 저렇게 귀여운 애들 본 적 있어?"

"아니, 없어."

"귀족 영애님이겠지? 우리랑은 태생이 달라. 사는 세계도 달라."

"하…… 귀족님은 대단하구나."

이런 대화도 오갔고 조심스럽긴 하지만, 호기심 가득한 시선을 보냈다. 그때, 요새 문이 천천히 열리기 시작했다.

"이야기가 잘 통한 모양이에요."

작은 문이 아니라 큰 문이 열린 것을 보면 그랬다. 리오가 문을 보며 말했다.

'……이러나저러나 이럴 때는 칭호가 있으니까 편하네.'

문이 열리고 요새 내부로 문 너머에 몇 명이 서 있는 게 보였다.

그곳에는 크레티아 공작가의 영애이자 리카 상회의 회장이기도 한 리제롯테 크레티아가 있었다.

"……리제롯테 씨?"

리오가 눈을 깜빡였다. 이곳은 크레티아 공작령이고 아망드와도 가까워서 이상한 일은 아니었다.

심지어 리제롯테 옆에는 플로라와 유그노 공작, 로아나와 사카타 히로아키도 있었다. 그리고 크리스티나도 플로라를 보았다. 눈이 살짝 커지고 놀라움을 드러냈다. 그것은 플로라도 마찬가지로 자수정처럼 반짝이는 눈으로 서로를 바라보았다.

"플로라……."

"……언니?"

두 사람이 천천히 입을 움직여 서로를 확인하듯이 불렀다. 벨트람 왕국의 제1 왕녀와 제2 왕녀. 그들의 재회는 의외의 시간, 의외의 장소에서 이루어졌다.

【 제 2 장 】 ❊ 재회

"……언니!"

언니를 빤히 보던 플로라가 흥분해서 크리스티나에게
달려갔다.

"……"

크리스티나도 플로라에게 다가가려고 했으나 망설여지
는지 걸음을 멈췄다. 가르아크 왕국에서 개최한 연회에서
내쳤던 일이 마음에 걸렸다. 그러나 플로라에게 그런 것은
사소한 문제에 지나지 않았다. 플로라는 크리스티나를 힘
차게 끌어안았다.

"언니가 왜 여기에? 왜 하루토 님과 같이 있는 거예요?
그리고, 왜……."

플로라가 크리스티나와 리오의 동행에 고개를 갸웃거리
다가 구속된 샤를과 알프레드를 보고 잇따라 물었다.

"……바보. 내가 너를 속이려고 온 거면 어떡하려고? 내
가 연회에서 너를 어떻게 대했는지 잊었어?"

크리스티나가 조금 쑥스러우면서도 기쁜 목소리로 귓가
에 속삭였다.

"아……."

불안한 목소리와 함께 언니를 끌어안은 플로라의 팔 힘
이 약해졌다. 리오와 함께 있는 크리스티나를 보고 반사적

으로 몸이 움직였는데 냉정하게 생각해보니 경솔한 행동이었다.

"괜찮아. 이제 괜찮아. 너를 홀로 두지 않을 거야."

당사자인 크리스티나는 플로라를 사랑스럽게 끌어안았다.

"언니……."

고작 그 정도로 플로라의 눈에 눈물이 맺혔다.

"힘들었지? 미안해……."

크리스티나가 부끄러운 마음으로 사과했다.

"아, 아니에요."

플로라는 양손으로 눈물을 닦았다. 모든 사람이 그 모습을 흐뭇하게 바라보았다.

"아, 둘이 다시 만나서 다행이긴 한데 이게 무슨 상황인지 모르겠거든? 왜 하루토가 크리스티나와 같이 있어? 여자도 많아졌고……. 뭐야, 너희는 일본인이야? 용사, 는 아닌 것 같은데."

히로아키가 입을 열었다. 사실상 왕녀 자매의 재회에 끼어들 수 있는 사람은 용사인 그뿐이었다.

사라 일행을 매우 흥미로운 시선으로 보던 히로아키가 그들 옆에 있던 얼핏 봐도 고향 사람으로 보이는 코우타와 레이를 보고 이번에는 눈을 깜빡이며 물었다.

"네……."

그들을 향한 질문에 코우타와 레이가 얼굴을 마주 보고 어색하게 동의했다.

"흐음……. 아, 내 소개를 안 했네. 나는 히로아키 사카타다. 일단은 용사야."

히로아키가 무관심하게 맞장구치고 사라 일행에게 말하는 것처럼 그들을 보며 시원스럽게 인사했다.

"……."

사라 일행은 자신들을 향한 인사인지 모르고 살짝 당황한 표정을 지었다.

히로아키가 잇따라 질문한 탓에 대화가 흐트러졌다. 이런 상황에 어떻게 이야기를 진행해야 하나, 아무도 방법을 찾지 못하고 침묵하던 때.

"일단 안으로 들어갈까요? 차분히 대화할 장소로 안내하겠습니다. 그곳에서 말씀 나누시죠."

리제롯테가 제안했다.

리오 일행은 요새로 들어갔다.

10분 후.

리오 일행은 요새 응접실에서 리제롯테 일행과 얼굴을 마주했다. 리오가 앉은 쪽에는 크리스티나와 세리아를 포함해 여기까지 함께 여행한 일동이, 맞은편에는 리제롯테와 유그노 공작, 플로라 일행이 앉았다.

방에는 급사 역할로 리제롯테의 심복이라 불리는 시녀

아리아도 있었다. 바네사도 의자에 앉지 않고 크리스티나 뒤에 섰다.

샤를과 알프레드는 응접실로 가는 사이 감옥으로 데려 가 일시적으로 가뒀다.

"바로 본론에 들어가겠습니다. 제일 먼저 서로 이 요새 에 온 이유부터 공유할까요?"

리제롯테가 일동의 얼굴을 둘러보며 물었다.

"그러죠. 레이디 리제롯테가 이곳에 계신 이유는 얼추 짐작이 갑니다만."

크리스티나가 동의하며 말했다. 크레티아 공작가의 영 애이자 인근 대도시 아망드의 영주인 리제롯테가 국경 부 근에 대규모 부대를 배치한 벨트람 왕국군의 동향을 살피 려고 요새를 방문한 건 알았다.

당장 모르겠는 것은 왜 플로라와 히로아키, 로아나와 유 그노 공작이 있느냐는 것이었다. 틀림없이 로다니아에 있 을 줄 알았기 때문이었다.

"알아차리신 모양입니다만, 제가 이곳에 있는 이유는 국 경 부근에 대규모 부대를 전개한 벨트람 왕국군 때문입니 다. 보고 받을 때 마침 레스토라시온 분들도 아망드에 계 셔서……. 벨트람 왕국군의 행동을 말씀드리자 정보 확보 를 위해 동행을 원하셔서 상황을 확인하는 대로 아망드로 돌아온다는 조건으로 마도선에 모셔 요새로 왔습니다."

리제롯테가 요점을 정리해 경위를 설명했다.

"아망드에 볼 일이라도 있었나?"

크리스티나가 플로라와 유그노 공작을 보며 의문을 꺼냈다.

"아, 연회가 끝나고 가르아크 왕국 왕도에 붙잡혀 있다가 로다니아로 돌아가게 된 김에 리제롯테에게 인사 좀 하려고. 연회가 끝나고 제대로 인사도 못 했으니까."

히로아키가 나서서 크리스티나의 질문에 대답했다. 아망드 방문 목적이 리제롯테에게 치대는 것이고 잘 풀리면 약혼 이야기를 꺼낼 생각이었기 때문인지 조금 민망해하는 것 같기도 했다.

'아망드에 도착하자마자 벨트람 왕국 군세가 국경에 나타나서 리제롯테와 대화도 제대로 못 나눴지만. 진짜 도움이 안 되는 놈들이야.'

히로아키가 마음속으로 혀를 찼다.

"……그러셨군요. 대강의 경위는 파악했습니다. 이번에는 왜 우리가 이곳에 있는지 설명할 차례로군요. 제가 설명해도 되겠습니까? 아마카와 경."

크리스티나가 리오에게 물었다. 다른 나라의 귀족이긴 하지만, 제일 먼저 리오의 의향을 물어본 시점에서 크리스티나가 그를 얼마나 신뢰하고 존경하는지 엿볼 수 있었다.

연회 때는 특별한 사이가 아니었기 때문에 대체 무엇이 어떻게 그들을 묶었는지 맞은편에 앉은 사람들의 의문과 호기심이 한층 커졌다.

"네, 물론입니다."

"그러면…… 이 자리에서 오가는 이야기를 외부로 옮기지 않겠다고 약속해주시겠습니까? 가르아크 왕국의 프랑수아 폐하는 물론 아셔야 하지만, 우리나라 내정과 관련된 이야기가 나와서요."

크리스티나가 리제롯테를 보며 물었다.

"알겠습니다. 제 시녀는 물러가라고 할까요?"

리제롯테가 순순히 받아들이고 뒤에 있는 아리아를 돌아보았다.

"공주님, 실례합니다."

그때, 세리아가 입을 열었다. 후드로 가린 얼굴을 보고 아름다운 소녀인 줄은 알았지만, 유일하게 세리아만 후드를 벗지 않아 모두의 관심이 쏠렸다.

"뭔가요?"

"제 정체를 설명할 때 저 사람이 있어야 편하니 폐가 되지 않는다면 동석시켜주셨으면 합니다. 사정은 나중에 제가 말씀드리겠습니다."

세리아가 아리아를 보며 말했다.

"그렇다면 동석해도 됩니다."

크리스티나가 흔쾌히 승낙했다.

"……알겠습니다. 동석시키겠습니다."

갑자기 대화의 중심이 된 아리아와 주인인 리제롯테가 살짝 이상하다는 표정을 지었다. 하지만 질문하지 않고 아리아도 동석하기로 했다.

"사건의 발단은 제가 크렐 백작의 협조로 바네사와 함께 벨트람 왕국 왕도에서 플로라가 있는 로다니아로 마도선을 타고 떠난 것에 있습니다. 밀항한 저 소년들. 용사 루이 시게쿠라 님의 친구인 레이 사이키 씨, 코우타 무라쿠모 씨도 어쩌다 데려왔습니다만, 지금 할 이야기가 아니니 생략하겠습니다."

크리스티나가 여행을 떠난 경위부터 설명했다.

"백작의 협조로 영도인 크레이아까지 쉽게 이동했습니다만, 거기서부터 문제였습니다. 제 도주를 알아챈 아르보 공작이 샤를을 지휘관으로 세워 추적부대를 파견했습니다. 서둘러 백작 저택의 숨겨진 방에 숨었습니다만, 저택이 봉쇄돼 꼼짝할 수 없어 발견은 시간문제였습니다. 바로 그때 아마카와 경을 만났습니다."

크리스티나가 크레이아에서 잠복하던 이야기를 꺼내고 리오와 만난 이야기를 했다.

"어…… 잠깐, 잠깐. 뭔가 이상한데. 크렐 백작의 저택은 봉쇄됐다며? 심지어 크리스티나는 수색부대에 들키지 않게 숨겨진 방에 숨었어. 저 녀석이 그걸 어떻게 알아?"

히로아키가 끼어들었다.

"그건…… 설명을 부탁드려도 되겠습니까?"

크리스티나가 세리아를 보며 물었다.

"네."

세리아가 고개를 끄덕이고 처음으로 후드를 벗었다. 머리카락 색을 바꾸는 마도구는 샤를과 알프레드가 감옥으로 끌려간 후, 통로에서 몰래 뗐다.

"세리아…… 선생님?"

플로라가 놀라서 입을 움직였다. 마찬가지로 옛 학원 제자였던 로아나도 눈이 동그래졌다. 유그노 공작도 놀랐는지 눈을 깜빡였다.

"누군데? 플로라가 아는 사람이야?"

히로아키가 눈을 빛내며 물었다.

"저는 세리아 크렐. 크렐 백작의 딸로 일찍이 왕립학원에서 크리스티나 님과 플로라 님, 로아나 씨를 가르쳤습니다. 그리고 저기 있는 아리아의 친구입니다."

세리아가 직접 자신을 소개하고 관련 있는 사람들의 이름을 부르다 마지막으로 아리아를 보았다.

"……"

시녀인 아리아는 아무 말 없었지만, 세리아와 마주친 눈을 크게 뜬 후, 살짝 미소 지었다.

'깜짝이야.'

리제롯테는 생각했다. 아리아가 말해줘서 두 사람이 친구인 줄은 알았지만, 설마 이런 식으로 세리아와 대면할 줄은 몰랐다.

"아, 선생님이라니 어떤 의미로? 플로라와 로아나와 동갑이거나 조금 어려 보이는데."

히로아키가 세리아를 빤히 쳐다봤다.

"감사하지만, 저는 스물한 살입니다."

세리아가 조금 쑥스러워하며 나이를 말했다.

"뭐, 뭐?! 스, 스물한 살?! 나보다 연상이잖아! 합법 로리냐?!"

자기도 모르게 벌떡 일어난 히로아키가 앞으로 넘어질 뻔하며 소리 질렀다.

"우와아……."

코우타와 레이는 합법 로리라는 말이 영 별로인 기색이었다. 같은 용사여도 신사적인 루이와 정반대의 인상을 받은 순간이었다.

"합법…… 로리?"

말뜻이 이해되지 않는지 크리스티나와 세리아가 의아한 표정을 지었다. 한편.

'이러면 진행이 안 돼.'

리제롯테는 분위기도 그렇고 잿밥에만 관심 있는 히로아키의 발언 때문에 머리가 아팠다.

"저기……"

하는 수 없이 리제롯테가 손을 들어 발언 신청을 했다.

모두의 시선이 리제롯테에게 쏠렸다.

"저도 현장에 있었습니다만, 세리아 님은 샤를 아르보와의 결혼식 중에 납치되지 않으셨습니까? 그런데 어떻게…… 설마?"

리제롯테가 의문을 꺼내다 놀라서 리오를 쳐다봤다. 당시 엄중했던 결혼식장 경비를 어렵지 않게 돌파한 수상한 인물 후보로 그를 제일 먼저 떠올렸었다.

"네. 제가 납치했습니다."

리오가 고개를 끄덕이며 말했다.

"확실히 하루토 님이라면⋯⋯."

리제롯테가 상황을 이해하고 목을 울렸다.

"아르보 공작파의 영향력을 줄이기 위해 아마카와 경의 힘을 빌렸습니다."

크리스티나가 목적을 강조해 그들이 리오에게 세리아를 납치하라고 부탁한 것처럼 말했다.

로다니아에 도착했을 때를 대비해 미리 의논한 일이었다. 크리스티나는 코우타와 레이에게도 소문내지 말라고 단단히 경고를 한 뒤, 말해줬다.

하지만 전혀 사실무근이라고는 할 수 없었다.

아르보 공작파의 영향력을 줄이기 위해 **세리아 선생님이** 아마카와 경의 힘을 빌렸습니다.

생략한 주어는 크리스티나가 아닌 세리아였다.

크리스티나는 리오의 납치행위가 문제 되지 않도록 그것이 정당한 행위라고 사후 승인해 합법화했는데 납치 당시 크리스티나가 승인하지 않은 것을 뒤로 찌르는 놈팡이가 나타나면 리오만이 아니라 세리아까지 비난 받을 수 있었다. 그것을 막기 위해 납치 시에 이미 크리스티나에게 부탁을 받은 상황이었다는 착각 유도를 노린 설명이었다.

머리 회전이 빠른 리제롯테와 유그노 공작은 단번에 경위를 대강 파악하고 머릿속에 담아뒀는지 감탄하는 얼굴이었다.

"어……?"

그러나 플로라는 의외라는 반응을 보였다.

"왜 그래? 플로라."

크리스티나가 플로라에게 물었다.

"아, 아뇨, 그게……. 언니, 예전부터 하루토 님을 알고 계셨어요?"

플로라가 리오의 안색을 살피며 크리스티나에게 물었다.

"……직접 만난 적은 없었어. 위험한 다리를 건넌 사람도 있으니 관련된 이야기는 기밀이야. 아무리 너라도 가르쳐줄 수 없어."

크리스티나가 뜸을 들이다 얼버무렸다.

"……알겠습니다."

대답이 성에 차지 않는지 어두워진 플로라의 얼굴을 크리스티나가 물끄러미 바라보았다.

"하나 묻고 싶은 게 있는데 세리아 군은 계속 하루토 군과 함께 있었습니까?"

유그노 공작이 그 틈을 노려 세리아와 리오를 보고 질문했다.

"네. 아망드가 마물에게 습격당했을 때도 저와 함께 있었습니다. **세실리아라는 이름으로.** 여러분 앞에는 데려오지 않으려고 했지만요."

리오의 대답에 리제롯테와 유그노 공작의 눈이 커졌다.

"음…… 아! 확실히 그때! 아니, 그런데 머리카락 색이 다르잖아! 머리도 묶고 있었고. 금발로 염색했었어?"

세리아를 물끄러미 보던 히로아키가 곧 세리아를 가리키며 흥분해 떠들었다. 아망드에서 리오와 함께 있었다는 큰 힌트를 받고나서야 생각난 모양이었다.

"머리카락 색을 바꾸는 방법이 있습니다."

"아……. 놀랐어. 그걸로 인상이 많이 바뀌네."

히로아키가 감탄하며 말했다. 세리아는 예전에 아망드에서 이들 앞에 나타났을 때처럼 한쪽으로 머리를 묶지 않고 풀어놓았다. 색깔도 달라서 인상이 많이 달라졌다.

"마물이 아망드를 습격해서 리제롯테 씨의 저택에 가야 했을 때는 초조했어요……."

세리아가 그때 일을 돌아보고 그리운 미소를 지었다.

"전혀 몰랐어요……. 하지만……."

플로라가 중얼거리고 뭔가 이해한 듯 리오를 쳐다보았다.

"저도, 눈치채지 못했어요."

로아나가 당황해서 동의했다.

"아리아도 전혀 몰랐어?"

리제롯테가 세리아의 옛 친구인 아리아에게 물었다.

"부끄럽습니다. 헤어지며 인사할 때 묘한 기시감을 느꼈습니다만……. 저택에서는 되도록 마주치지 않으려 했고, 설마 머리카락 색이 그렇게 자연스럽게 바뀔 줄은 몰랐습니다. 그래도 목소리를 좀 더 들었더라면 알아챘을 지도 모르겠습니다."

아리아가 눈치채지 못한 이유를 분석해서 대답했다.

"원래 그 색이었던 것처럼 머리카락 색을 자연스럽게 바꿀 방법은 없다……기보다는 보통은 있다는 생각도 못 하죠. 그런 건 불가능하다는 인식이 깔린 상황에서는 아주 효과적인 변장 방법이네요."

리제롯테가 무척 감탄했다.

"네. 그래서 그런 방법이 있다는 것도 포함해서 비밀로 하고 있습니다. 긴급한 상황이라 크레이아에서 도망치며 전하의 머리카락 색을 바꿨지만, 구체적인 방법은 말씀드리지 않았습니다."

남이 캐묻기 전에 리오가 먼저 못을 박았다.

"……궁금하지만 어쩔 수 없네요. 알겠습니다."

리제롯테가 쓴웃음을 지으며 수긍했다. 무척 궁금했지만, 억지로 캐물어 리오를 곤란하게 만들면서까지 알고 싶지는 않다는 쪽으로 마음의 저울이 기울었다.

"……저기, 하루토 님도 그 방법으로 머리카락 색을 바꾸고 하시나요?"

한편, 플로라가 긴장한 기색으로 리오에게 물었다.

"무슨 소리야, 플로라. 이야기를 안 들었니? 그런 질문도 받지 않겠다는 말씀이잖아."

크리스티나가 따끔하게 말했다.

"네, 네. 그랬죠. 죄송합니다."

충동적인 질문이었는지, 크리스티나의 지적을 받고 냉정해졌는지, 플로라가 놀라서 사과했다.

"실례했습니다, 아마카와 경."

크리스티나도 한숨을 내쉬며 사과했다.

"괜찮습니다, 신경 쓰지 마세요."

리오는 부드럽게 웃으며 고개를 저었다.

"이야기가 다른 길로 샜는데, 아마카와 경이 크렐 백작 저택의 숨겨진 방에 들어온 것은 세리아 선생님이 동행했기 때문이라는 것은 모두 아셨으리라 생각합니다. 그 뒤에는 아마카와 경의 협조로 어찌어찌 저택 포위망을 뚫고 도시 밖으로 도망쳤습니다."

크리스티나가 주제에서 벗어난 대화 흐름을 원래대로 돌렸다.

"아, 그러면 왜 여기로 왔어? 플로라가 있는 로다니아로 가려고 했다며?"

히로아키가 의문을 꺼냈다.

"크레이아에서 로다니아로 가는 가장 짧은 루트는 추적부대가 엄중히 수색할 것으로 예상했기 때문입니다. 그리고 가르아크 왕국을 거쳐 로다니아로 가면 국경을 건너서 추적부대의 수색을 피할 수 있습니다. 하지만 어떻게 도주

루트를 파악했는지 국경에 대규모 부대를 배치하고 기다리고 있었습니다만……."

크리스티나가 잠깐 말을 멈추고 리오와 사라 일행을 보며 설명했다.

"아마카와 경과 동료분들의 활약으로 적을 물리치고 총대장 샤를과 알프레드를 포로로 포박했습니다."

"아, 뭐, 하루토가 강한 건 의심할 것도 없지만, 동료들은? 설마 저 시원찮은 놈들은 아니겠지?"

히로아키가 코우타와 레이를 힐끗 보고 사라, 오피아, 아르마를 의식하며 물었다. 리오의 동료에 해당하는 사람은 무장한 그들뿐이었다.

"이미 아시는 모양이지만, 이들이 제 동료입니다. 오른쪽부터 사라 씨, 오피아 씨, 아르마 씨. 마검을 쓰는 실력 있는 전사들입니다."

리오가 사라 일행 대신 대답했다.

"오……."

히로아키가 관심을 보이며 속셈과 호기심이 담긴 노골적인 눈길을 보냈다. 사라 일행은 불편해하며 시선을 피했다.

"……."

한편, 세 사람이 마검사라는 말을 들은 리제롯테와 유그노 공작이 자기도 모르게 경의를 담은 눈으로 그들을 보았다.

"이야, 진짜 대단한걸. 저렇게 얼굴도 괜찮고 전투도 가능하다니."

히로아키가 큰 관심을 보이며 제 딴에는 사라 일행을 칭찬했다.

'어쩌다 보니 내 주위에는 곱게 자란 아가씨들뿐이지만, 싸울 수 있는 하렘은 진짜 귀하지. 날 지켜줄 수도 있고.'

속으로 이런 생각을 하면서.

"……별말씀을."

사라가 오피아와 아르마를 대표해 감사를 표했지만, 뭔가 짚이는 바가 있는지 조금 쌀쌀맞게 들렸다. 그걸 아는지 모르는지……

"아마카와 경을 포함해 마검사가 넷이나 되면 알프레드 경도 당해내지 못했겠군요. 샤를에 그 왕의 검을 포로로 끌고 오는 것을 봤을 때는 이게 무슨 일인가 했습니다. 뜻밖의 행운이군요."

유그노 공작이 큭큭 웃으며 화제를 바꿨다. 숙적인 아르보 공작파의 주요인물인 샤를을 포로로 사로잡아 참으로 통쾌한 기분이었다. 그야말로 생각만 해도 웃음이 날 정도로.

"그건 사실이 아닙니다."

갑자기 사라가 말했다.

"……사실이 아니다?"

유그노 공작이 웬일로 눈을 살짝 크게 뜨고 물었다.

"저희는 다른 마검사를 물리쳤을 뿐, 알프레드라는 사람을 쓰러뜨린 건 하루토 씨입니다. 아니, 샤를이라는 남자를 잡은 것도, 국경에 진을 친 5천 군세를 물리친 것도 하루토 씨입니다."

사라가 그들이 하지 않은 일까지 공헌했다고 평가받기 싫었는지 유그노 공작의 발언을 정정했다.

"세상에⋯⋯."

리제롯테가 자기도 모르게 놀라서 입가에 손을 댔다. 마검사를 물리쳤으니 사라 일행의 공도 크지만, 사라가 말한 리오가 세운 공의 규모가 너무나 커 감각이 마비될 것 같았다.

"의심하는 건 아니지만, 그게 대체 무슨⋯⋯?"

놀라서 말을 잃은 유그노 공작이 크리스티나를 보며 간신히 물었다.

"사실이야. 알프레드는 아마카와 경이 홀로 쓰러뜨렸다. 아니, 용사인 루이 시게쿠라 님도 동시에 상대해 2대 1 상황에서 이겼다고 하는 편이 정확하군."

크리스티나가 있는 그대로의 사실을 전했다.

"용사와 왕의 검을 동시에 상대해서⋯⋯ 이겼다?"

유그노 공작의 상식을 벗어난 일인지 말을 잃고 굳어버렸다.

"그 짜증 나는 꽃미남도 이겼다고⋯⋯?"

히로아키도 눈썹을 움찔하며 반응했다.

'⋯⋯짜증 나는 꽃미남?'

예의 바르고 신사적. 사라 일행은 리오와 대화하는 루이를 보고 좋은 인상을 받았는데 히로아키의 정반대되는 평을 듣고 이상하게 여기며 고개를 갸웃거렸다. 한편, 코우타와 레이는 친구와 후배가 저평가 받자 실소할 뻔했다.

"레이디 리제롯테, 이것이 우리나라 군대가 귀국 국경을 따라 배치된 이유입니다. 제 신병을 확보하려는 행동이었고 패배한 지금은 군대를 물렸습니다만, 결과적으로 귀국을 도발한 사실은 변하지 않습니다. 영지를 접한 귀족과 부친에게 폐가 되겠지요. 사과드립니다."

크리스티나가 리제롯테를 보고 깊게 고개 숙여 사과했다. 왕녀가 타국 영애에게 머리를 숙이는 일은 거의 없지만, 크리스티나는 자기 때문에 그 거의 없는 일이 벌어졌다고 생각했다.

"이 무슨, 어서 고개를 드세요."

일국의 왕녀가 자기에게 고개를 숙이자 리제롯테가 황급히 크리스티나를 말렸다.

"……감사합니다."

크리스티나는 잠깐 멈췄다가 천천히 고개를 들었다.

"……그건 그렇고 여러분의 행동 루트를 어떻게 알았을까요? 크레이아를 탈출한 후부터 계속 추적했다면 일부러 국경에 매복해 기다리지 않아도 도중에 얼마든지 공격할 기회가 있었을 텐데요."

리제롯테가 안도의 한숨을 내쉬며 가슴을 쓸어내리고 물었다.

"가장 큰 이유는 시간이 없었기 때문입니다. 3일에 한

번, 마검으로 강화한 아마카와 경과 동료분들이 안고 달려 주셔서 시간을 대폭 단축할 수 있었습니다. 상대가 우리 흔적을 잡은 시점이 국경까지 사흘 정도 남았을 때일 겁니다. 아마카와 경과 동료분들의 전투력과 기동력을 계산하고, 숨을 수 있는 숲과 산악지대에 포위망을 펼치고 싶지 않았을 것으로 추측됩니다."

크리스티나가 논리정연하게 말했다.

"그 부근이 구릉지라서 언덕 아래에 군대를 숨기기 적합하고, 한편으로는 언덕에 오르기만 하면 방해물이 없어 시야 확보에 좋죠. 그리핀으로 하늘에서 내려다보면 도주도 어렵고……. 하지만 그 점을 고려해도 대담한 작전이네요. 국경에 자국 부대를 배치하다니."

리제롯테가 그 주변 지리를 떠올렸는지 생각에 잠겨 말했다.

"네. 하지만 상식을 깬 작전이라 허를 찔렸습니다."

크리스티나가 고개를 끄덕이고 분한 듯 얼굴에 그늘을 드리웠다.

"대담하고 교활……. 조금 과장해서 샤를 아르보라는 남자는 실력 있는 지휘관이군요."

리제롯테가 샤를을 높게 샀다.

"……글쎄요. 저도 같은 의견입니다만, 아마카와 경은 샤를이 레이스라는 남자의 교사로 국경에 군대를 배치한 것 같다고 합니다. 정말 교활한 남자는 샤를 뒤에 있던 그

레이스라는 남자입니다."

크리스티나가 거기서 처음으로 레이스의 이름을 꺼냈다.

"……레이스? 그 이름은 분명히…….."

"이전에 아망드가 습격당했을 때 플로라 님과 하루토 군 앞에 나타난 수상한 남자와 이름이 같군요. 프로키시아 제국의 대사일지도 모른다는 남자 말입니다."

리제롯테와 유그노 공작이 아망드가 마물에게 습격당했을 때, 소란을 틈타 플로라가 납치당한 일을 돌이켜보았다.

"네. 샤를을 신문해야겠지만, 그 인물이 십중팔구 프로키시아 제국 대사입니다."

크리스티나가 확신을 담아 말했다.

"……루시우스 오르귀라고 했지요? 플로라 님을 납치하려고 한 범인이고 하루토 군의 원수이자 벨트람 왕국의 귀족이었다는 천상의 사자단 단장이. 플로라 님 납치가 이 남자의 짓일 가능성도 염두에 뒀는데 레이스가 프로키시아 제국 대사이고 샤를과 연관이 있다면 아르보 공작파도 플로라 님 유괴에 얽혔을 가능성이 크군요."

유그노 공작이 루시우스의 이름을 꺼내며 시사했다.

"단정하기는 일러. 하지만 그것도 포함해서 샤를을 신문해야겠지. 아르보 공작만 알고 샤를은 아무것도 모를 가능성도 있지만. 기대는 못 해."

크리스티나가 무거운 한숨을 내쉬었다.

'크리스티나 왕녀의 말대로 큰 기대는 못 해. 샤를에게서 루시우스의 정보를 알아내지 못하면 단서는 레이스뿐이야. 그 남자가 프로키시아 제국 대사라면 루시우스도 프로키시아 제국과 연관됐을 가능성은 충분한데…….'

리오는 숙적의 소재를 생각했다. 레이스의 공조로 루시우스의 생존이 시사됐으니 간과할 수 없었다. 이번에야말로 반드시 처리해야 했다.

"그건 그렇고 천상의 사자단 단장이 아마카 경의 원수입니까?"

크리스티나가 몹시 놀란 눈으로 리오에게 물었다.

"네. 어릴 적에 유일한 가족이었던 어머니를 죽인 남자입니다."

리오가 가슴속 감정을 숨기려는 듯 짧게 수긍하고 대답했다.

"그랬군요……."

크리스티나는 아무것도 묻지 않았다. 분위기를 파악하고 뭔가 생각하는 표정처럼 보이기도 했다.

"루시우스에 관해 묻고 싶으니 저도 신문에 동석해도 될까요?"

마침 자신과 루시우스의 인연이 화제에 올랐다. 리오는 기회를 놓치지 않고 원하는 바를 말했다.

"그런 거라면 알겠습니다."

크리스티나는 눈을 감았다가 천천히 고개를 끄덕였다.

"감사합니다."

리오는 공손히 고개를 숙였다. 세리아와 사라, 오피아, 아르마가 리오의 옆모습을 조금 복잡한 표정으로 바라보았다. 리오와 루시우스의 인연이 신경 쓰이는 모양이었다. 플로라도 비슷한 기미를 보이며 리오를 쳐다보았다.

"……다른 질문 있습니까?"

크리스티나는 플로라의 시선 끝에 리오가 있는 것을 알았지만, 일부러 모른 척하고 일동에게 물었다.

"아, 중간에 하루토가 5천 군사를 물리쳤다고 사라가 말했는데 상황 파악이 잘 안 돼. 신장을 쓰는 용사인 나라면 모를까…… 알프레드와 루이 놈과도 싸우면서 5천 명을 하루토 혼자 상대할 수 있을 리 없잖아? 구체적으로 어떤 전투가 벌어졌는지 궁금해."

히로아키가 사라를 보며 리오의 활약을 물었다.

"……5천 병사는 인간 벽이 되어 국경으로 이어진 길을 막고 지켜보기만 했습니다. 아마카와 경과 알프레드, 용사 루이 님의 전투를. 그리고 압도당했습니다. 5천 명이 덤벼도 아마카와 경을 이기지 못한다고 두려워할 정도로……."

크리스티나가 전투를 떠올리며 지금도 가슴속에 남은 여러 감정을 억누르듯 말했다.

"알프레드와 용사 루이 님이 아마카와 경에게 패배한 후, 5천 군사 속으로 도망친 샤를을 지키려고 한 사람은 한 명도 없었습니다. 5천 병사는 하릴없이 총대장인 샤를이 눈앞에서 끌려가는 꼴을 지켜봤습니다."

도도하게 당시 상황을 설명했다.

"이거 봐, 거기 있던 5천 병사는 무능한 놈들뿐이었나? 적이 일부러 본진에 혼자 쳐들어왔잖아. 이게 무슨 삼류연극도 아니고, 전원이 일제히 달려들면 숫자로 밀어붙일 수 있다는 생각에 돌격한 놈이 있을 거야. 내가 지휘관이라면 병사들에게 그렇게 명령했을 텐데…… 지휘관이 무능했나?"

히로아키가 이해가 안 된다며 이미 벌어진 일에 불만스럽게 꼬투리를 잡았다.

"그곳에 있던 병사들은 아마카와 경을 이길 수 없다고 본능적으로 느꼈을 뿐입니다. 같은 편인 저도 적잖이 두려웠으니 적대한 병사들은 저와 비교도 되지 않게 두려웠을 테죠. 그 전율은 그 자리에 있었던 사람만 알 수 있습니다. 그곳에 없었던 사람이 듣기에는 각색한 무용담으로 들리겠지만, 순전히 사실입니다."

누구도 죽고 싶어 하지 않았다. 개죽음당할 줄 알고도 싸우는 사람은 드물었다. 그럴 수 있는 사람은 각오했거나 미쳤거나 아니면 어리석은 사람뿐이었다. 크리스티나는 진지한 얼굴로 히로아키에게 말했다.

'아, 전부터 생각한 거지만, 이 녀석 너무 눈에 띄지 않나? 가는 곳곳마다 나타나서 공을 빼앗기나 하고. 용사보다 활약하잖아. 또 이 녀석 평가만 올라가겠지. 리제롯테도 있는 앞에서 말이야. 만날 때마다 다른 여자를 데리고 다니고……. 설마 크리스티나와 저 기사를 제외하고 모두

이 녀석 여자인 거 아니야? 쳇…… 김새네.'

히로아키는 맞은편에 앉은 리오와 소녀들을 둘러보며 속에 쌓인 앙금을 토했다. 이야기 중심에 용사인 자기가 아니라 용사도 아닌 평범한 기사가 있는 것이 마음에 들지 않았다. 그것이 그의 본심이었다.

"……그 녀석이 그랬다니 대단하네. 용사와 동등. 아니, 용사 루이까지 쓰러뜨렸으니 용사보다 나은 거 아니야? 루이가 신장을 최대한 활용해서 싸웠다면 말이지. 뭐, 아니어도 대단해."

이런 공을 세웠는데 전부 부정하면 자기 체면만 떨어진다는 것은 아는지 히로아키는 불만이긴 하지만, 리오의 공을 인정했다.

"네, 정말 훌륭한 활약입니다."

리제롯테가 히로아키와 대조적으로 다른 뜻 없이 칭찬하고 동의했다.

"영광입니다."

리오가 살짝 고개를 숙여 그들에게 대답했다.

"여기 오기까지 있었던 일은 이게 다입니다만, 일부러 설명에서 제외한 부분도 있습니다. 가르아크 왕국과 정보를 공유하고 싶으니 조금만 더 어울려주시겠습니까? 레이디."

크리스티나가 리제롯테를 보며 물었다.

"네. 프랑수아 국왕 폐하와 아버지께 자세히 보고해야 하니 바라마지 않습니다."

리제롯테가 생긋 웃으며 고개를 끄덕였다. 그 후로 크리스티나의 입에서 다양한 정보가 흘러나왔다.

약 한 시간 후.

"이야기는 이쯤 하죠. 이제부터…… 어떻게 할까요?"

필요한 이야기가 일단락되고 크리스티나가 사람들을 보며 물었다.

"해도 저물고 오늘은 아망드로 가기 어렵겠죠. 오늘 밤은 요새에서 지내시죠. 저녁 준비하는 데 시간이 걸릴 테니, 그 사이에 포로를 심문하고 싶으시다면 취조실을 빌리겠습니다. 어떠십니까?"

리제롯테가 심문 이야기를 꺼냈다.

"알프레드는 물론 샤를도 신문 받을 예상을 하고 있을 겁니다. 성급하게 신문하면 약점을 놓칠 수 있고 정신적으로 여유를 되찾으면 귀찮습니다. 오늘은 일부러 감옥에 내버려 두겠습니다. 샤를의 자존심에 상처가 나면 조금이나마 불지도 모르니."

크리스티나가 샤를의 성격을 짚고 말했다. 늦게 신문해서 너는 우선순위가 아니라는 분위기를 풍겨 자존심을 자극한다. 그래도 입을 열지 않으면 계속 내버려 둬서 정신적으로 피폐해지기를 기다리는 수밖에 없었다.

"알겠습니다. 그럼 포로들에게 아무 정보 없이 최소한의 음식만 제공하겠습니다."

리제롯테가 크리스티나의 의도를 재빨리 파악하고 그녀가 의도한 바가 효과적으로 이루어지도록 지시사항을 제시했다.

"잘 부탁드립니다."

"네. 이야기도 정리됐고 투박한 요새라서 죄송하지만, 저녁 시간까지 편히 계세요. 방을 준비할 건데 원하시는 거라도 있으십니까?"

리제롯테가 물었다. 그러자 플로라가 크리스티나를 보고 쑥스러워하며 요청했다.

"저기, 오늘은 언니와 같은 방에서 쉬어도 될까요?"

"……그래, 괜찮아."

크리스티나가 부드럽게 미소 지으며 고개를 끄덕였다.

"그러면 두 분은 같은 방으로 준비하겠습니다. 호위하기 쉽게 바네사 씨의 방도 바로 옆에 준비하죠."

리제롯테가 왕녀 자매를 흐뭇하게 보며 바네사도 배려해 방을 배치했다.

"배려해주셔서 감사합니다."

바네사가 깊이 머리를 숙였다.

"저희끼리 같은 방을 써도 될까요? 하고 싶은 이야기가 있어서."

사라가 옆에 앉은 오피아와 아르마를 보고 손을 들며 말했다.

"알겠습니다. 그러면…… 사라 님과 오피아 님, 아르마 님, 세리아 님, 네 분을 같은 방에 배정해도 될까요?"

리제롯테가 같은 방을 쓸 사람을 확인했다.

"그래도 될까요? 세리아 씨."

사라가 세리아에게 물었다.

"응, 괜찮아."

세리아가 말했다.

"다른 분들은 원하시는 게 없으면 방을 각각 하나씩 준비해도 될까요?"

리제롯테가 다른 사람들에게도 물었다.

"그래, 나는 그거면 됐네."

"저도요."

유그노 공작과 리오가 제일 먼저 대답했다.

"저희도 괜찮아요."

"네."

레이와 코우타도 얼굴을 마주 보고 대답했다.

"……저는 히로아키 님이나 공주님 근처 방으로 부탁드립니다."

로아나가 용사인 히로아키와 왕녀 자매인 크리스티나와 플로라를 배려하기 위해서인지 조금 망설이며 말했다.

지금은 플로라와 함께 히로아키를 보좌하지만, 크리스티나가 왔으니 로아나에게 섬세한 배려가 요구됐다.

"뭐, 나도 상관없어."

히로아키가 로아나와 눈을 마주치고 어깨를 으쓱하며 말했다.

"그럼 지금 바로 안내하겠습니다."

리제롯테가 일어나 방문을 향해 걸어갔다. 다른 사람들도 따라서 일어났다.

"저기, 리제롯테 님."

먼저 움직인 아리아가 문을 열자 세리아가 리제롯테에게 말을 걸었다.

"네, 왜 그러시죠?"

"괜찮다면 나중에 아리아와 이야기할 시간을 가져도 될까요?"

"물론입니다. 일행분과 대화가 끝날 때쯤에 아리아를 보내드릴까요?"

리제롯테가 흔쾌히 세리아의 요청에 응하고 물었다.

"저희 밤에 이야기해도 되니 먼저 하세요, 세리아 씨."

사라의 말에 오피아와 아르마가 고개를 끄덕이며 동의했다.

"……애들아, 고마워. 부탁드려도 될까요?"

세리아가 리제롯테에게 부탁했다.

"알겠습니다. 이 방을 쓰세요. 아리아, 오늘은 이제 쉬어도 되니까 세리아 님과 편하게 있어."

"감사합니다."

아리아가 살며시 웃으며 감사를 표했다.

"코제트, 나탈리."

리제롯테가 방 밖에 있던 시녀들을 불렀다.

"무슨 일이십니까? 리제롯테 님."

나탈리가 정중하게 대답했다. 한편, 코제트는 태연하게 리오를 보다가 눈이 마주치자 오랜만이라는 듯이 귀엽게 웃었다. 리오는 살짝 웃으며 가볍게 인사했다.

"레스토라시온 분들과 두 소년을 방으로 안내해드려. 크리스티나 님과 플로라 님은 같은 방으로. 다른 분들 방도 각각 부탁해."

"알겠습니다."

나탈리와 코제트가 머리를 숙였다.

"그리고 클로에. 너는 하루토 님의 친구분들을 안내해드려. 세리아 님을 포함해 4인용 방 하나."

리제롯테가 근처에 있던 클로에에게도 지시를 내렸다.

"네."

클로에게 꾸벅 고개를 숙였다.

"하루토 님, 선 채로 죄송합니다만……."

리제롯테가 뒤로 돌아 리오에게 말을 걸었다.

"네, 무슨 일이시죠?"

리오가 살짝 고개를 갸웃거리며 말했다.

"방으로 안내하기 전에 잠깐 시간을 내주시겠습니까? 개별적으로 할 이야기가 있어서요."

리제롯테가 리오에게 1대 1 면담을 요청했다.

"네. 마침 저도 드릴 말씀이 있었어요."

리오가 흔쾌히 승낙했다. 그 모습을 히로아키가 옆에서 불편하게 바라봤다.

'뭐야? 나를 두고 저 녀석과 단둘이······?'

리제롯테를 만나려고 일부러 왔건만. 용사인 자기보다 풋내기 기사를 우선하다니 말도 안 됐다.

하지만 지금은 신경 쓰이는 소녀들이 있었다.

사라 일행이었다. 하루토의 동료라서 김이 샜지만, 셋 다 리제롯테와 비교해도 빠지지 않게 외모가 뛰어났다.

저렇게 예쁜데 친해지고 싶지 않다면 거짓말이었다. 회의 중에도 신경 쓰여 그들의 용모에 눈이 갔다. 회의 내용은 별 관심도 없어서 중간부터 계속 쳐다봤다.

그래서 히로아키는 리제롯테와 하루토가 이제부터 단둘이 대화할 자리를 만든 것은 눈감아주고 하루토가 없는 동안 세 사람과 어떻게 차라도 마실 자리를 만들지 생각하기로 했다.

"으음. 아, 나는 뭐하지? 방에 가봤자 할 것도 없고. 용사라도 참 한가하다니까."

히로아키가 갑자기 그런 말을 꺼냈다. 대체 누구에게 하는 말인가, 아니면 그냥 혼잣말인가. 참 작위적이었다.

일부러 한가하다는 것과 자기가 용사라는 것을 강조했다. 적어도 용사에게 관심이 있다면 이 기회를 놓칠 리 없다는 의도로 한 짓이었다. 귀족 영애들을 상대할 때는 효과가 뛰어나서 히로아키가 꼬드기지 않아도 영애들이 알아서 달려들었다.

그래서인지 히로아키는 플러팅 대처는 잘해도 자기가 직접 말을 거는 경험은 부족했다.

"……? 방까지 안내 부탁드려도 될까요?"

그러나 사라 일행은 용사에게 관심이 없었다. 히로아키가 갑자기 일부러 헛기침하고 떠드는 게 이상해서 살짝 고개를 갸웃거렸지만, 신경 쓸 바 아니라는 듯 사라가 안내를 맡은 클로에에게 대표로 말했다.

"아, 네. 알겠습니다. 이쪽입니다."

클로에도 히로아키의 갑작스러운 언행이 이상했는지 사라가 말을 걸자 정신을 차리고 직무를 다하기로 했다.

"읍……."

코제트가 웃음을 터뜨릴 뻔했다. 하지만 역시 리제롯테를 모시는 시녀라고 해야 하나, 보이지 않게 자연스럽게 고개를 돌렸다.

"……바보."

나탈리가 코제트 옆에서 속닥였다.

"하루토 씨, 저희는 먼저 쉴게요."

사라가 자리를 뜨며 리오에게 친근하게 말했다.

"대화가 끝나면 저희 방으로 오세요."

"기다릴게요."

오피아와 아르마도 사라에 이어 리오에게 말을 걸고 사라졌다. 리오는 세 사람에게 "네" "알겠습니다" "먼저 쉬고 계세요"라고 대답하며 세 사람을 배웅했다.

"세리아도 오랜만에 아리아 씨와 즐겁게 보내세요."

그리고 자기도 가기 전에 뒤에 있는 세리아에게 말했다.

'……세리아?'

리오가 세리아를 친근하게 부르자 요새에서 만난 사람들이 당황했다. 회의 중에 이름 부를 기회가 없었으니 마땅한 일이었다. 특히 플로라는 얼어붙어 눈만 깜빡였다.

"응. 나중에 봐."

세리아가 부드럽게 웃으며 리오에게 대답했다. 리오가 "네"라고 밝게 말했다.

"그럼 저희도 실례하겠습니다. 무슨 일 있으면 제 시녀들에게 말씀해주세요. 하루토 님, 저를 따라오세요."

리제롯테는 다른 사람들에게 인사하고 리오를 데리고 걸음을 옮겼다. 리오는 "실례하겠습니다."라는 말을 남기고 리제롯테와 함께 자리를 떠났다.

'……아, 그런 거냐. 뭐, 어렴풋이 생각은 했었어. 예상이 맞는 것 같네. 실제로 사귀는지는 모르겠지만, 다른 남자의 그림자가 어른거리는 시점에 김샜다. 아, TMI. 진짜 TMI. 아, 아, 아.'

찬물을 끼얹는다는 말은 이런 상황에 쓰는 말이겠지. 히로아키가 몹시 낙담하고 가볍게 이를 갈듯 입가를 일그러뜨렸다.

'리제롯테까지 저 남자를 좋아하는 시늉을 하면 어떡하지? 왜 굳이 둘이서만 대화하는데? 보란 듯이 나란히 걸어가는 거 봐라…….'

히로아키는 괜한 원망을 하며 리오의 뒷모습을 뚫어지게 쳐다봤다. 쉽게 누를 수 없는 남자라 일부러 엮이려고 하지 않았는데, 평가를 떨어뜨릴 방법을 생각해봐야겠다.

그때, 시야 밖에서 히로아키를 관찰하던 인물이 입을 열었다. 크리스티나였다.

"우리도 갈까요?"

크리스티나가 시치미 뗀 얼굴로 가자고 했다.

"네. 로아나 군."

유그노 공작이 즉시 맞장구치고 로아나를 불렀다. 이럴 때, 비위 맞추는 역할은 로아나에게 일임했다. 히로아키의 기분이 나빠진 것을 보고 그녀를 불러 잘 부탁한다고 몰래 전달했다.

"네. 갈까요? 히로아키 님."

로아나가 히로아키에게 기대어 신체접촉을 하며 가까이에서 말했다. 옷 너머로 느껴지는 체온에 히로아키의 의식이 로아나를 향했다.

'역시 로아나야. 이런 점에서 리제롯테는……. 참 아깝다고 해야 하나, 애태운다고 해야 하나.'

기껏 와줬건만 자신을 최우선으로 대하지 않았다. 그게

마음에 들지 않는지 히로아키가 화를 토해내듯 한숨을 내쉬었다.

"아, 그래. 할 일은 없지만, 피곤해. 같이 방에나 붙어있을까? 플로라와…… 크리스티나는 어떻게 할 거야?"

조금 기분이 나아졌는지 히로아키가 웃으며 로아나의 어깨에 손을 둘렀다. 그리고 플로라와 크리스티나에게 같이 갈 거냐고 물어봤다. 크리스티나를 조금 늦게 부른 것은 아직 거리가 가늠이 안 되기 때문일까.

"……어떻게 하시겠어요? 언니."

플로라가 크리스티나의 눈치를 살피며 물었다.

"유그노 공작과 잠깐 할 이야기가 있으니 먼저 가. 끝나는 대로 나도 갈게. 그래도 괜찮으시겠습니까? 용사님."

크리스티나가 우아하게 웃으며 히로아키에게 물었다.

"뭐, 막 합류했으니 주고받을 정보가 많겠지. 상관없어. 그런데 나도 너와 이야기해보고 싶으니까 빨리 오라고."

히로아키가 만족스럽게 고개를 끄덕이고 자기 아량이 얼마나 넓은지 보여주려는 듯 관대한 척 말했다. 레스토라시온에 합류해 내부 사람이 됐으니 크리스티나를 최우선으로 공략할 필요가 없었다. 앞으로 접촉할 기회가 얼마나 있을지 모르는 리제롯테와 사라 일행에게 정신이 팔리긴 했지만, 크리스티나의 미소에 가슴이 덜컹했다.

"네."

크리스티나가 상냥하게 웃으며 고개를 끄덕였다.

'좋은데. 언니는 동생과 성격이 다르네. 가시 돋친 장미 분위기가 나는구나 싶었는데, 나쁘지 않아. 빨리 상대해보고 싶어.'

기대가 커졌는지 히로아키가 안절부절못했다. 덕분에 마음에 들지 않는 하루토도 일단은 머릿속에서 쫓아낼 수 있었다.

"그러면 먼저 너희와 수다라도 떨면서 무료함을 달래볼까."

일단 히로아키의 기분이 나아졌다.

"말씀 나누신다면 응접실이 비었으니 이용해주십시오."

나탈리가 크리스티나와 유그노 공작에게 말했다. 지금까지 크리스티나 일행이 있던 응접실 옆 방도 응접실인 모양이었다. 조금 전까지 있었던 응접실 안에 문을 열면 간이 주방이 나왔는데 그곳을 통해 다른 응접실과 이어진 것 같았다.

"신경 써줘서 고마워요."

크리스티나가 밝게 웃으며 나탈리의 배려에 감사를 표했다. 동성이어도 넋을 잃을 듯이 가련했다.

"다과를 준비하겠습니다. 코제트, 안내 부탁해."

나탈리가 동료에게 안내를 맡기고 한발 먼저 응접실로 향했다.

"응, 알았어."

코제트가 맞장구치고 나탈리를 배웅했다.

"그러면 나중에 봐요, 언니."

플로라는 미련이 남은 얼굴로 크리스티나에게 잠깐의 작별을 고했다.

"크리스티나 님, 다시 뵙는 영광을 누리게 되어 드릴 말씀이 없습니다. 또 동석하기만을 기대합니다."

로아나가 깊이 허리를 숙여 크리스티나에게 경의를 표했다.

"그래. 플로라 보좌 역할을 잘 해줬어. 나중에 내가 없는 동안 무슨 일이 있었는지 들어볼게."

"네. 세리아 선생님도 오랜만에 봬서 정말 기뻐요. 다음에 꼭 대화 나눠요."

크리스티나의 격려에 로아나가 기뻐하며 대답했다. 그리고 세리아에게도 다시 만난 기쁨을 전했다.

"네, 오랜만이에요, 로아나 씨. 저도 다시 만나서 기뻐요. 플로라 님도 오랜만에 뵙습니다."

세리아가 생긋 웃으며 로아나에게 대답하고 옆에 서 있는 플로라에게 말했다.

"네, 오랜만이에요, 세리아 선생님. 그리고, 음, 저기……."

플로라가 가련하게 웃으며 세리아에게 대답하고 어떻게 말을 꺼내야 할지 궁리하는 느낌으로 말을 머뭇거렸다. 눈치를 살피거나 궁금한 게 있어 보였다.

"……네?"

그것을 알아차린 세리아가 이상한 마음에 고개를 갸웃거렸다.

"이만 가자."

그러자 히로아키가 이동을 재촉하며 대화를 끊었다.

"······네. 나중에 이야기해요, 세리아 선생님."

플로라가 아쉬워하며 대화를 끝냈다.

"안내 부탁해, 코제트······라고 했나?"

히로아키가 코제트를 불러 말을 걸었다.

리제롯테의 시녀는 모두 대단하대서 얼굴과 이름을 외웠다. 일부러 잘 생각나지 않는 척한 이유는 이루 말할 수 없는 창피함 때문이었다.

"시녀인 제 이름을 기억해주셔서 영광입니다. 자, 저를 따라오세요."

코제트는 방긋 웃었지만, 쓸데없는 이야기는 하지 않고 곧장 안내를 시작했다. 히로아키가 흠, 신음하며 그 뒷모습을 응시했다.

'으음, 역시 리제롯테의 시녀는 프로 의식이 강하다니까.'

빈말에 기뻐해도 깔끔하게 받아넘기고 추파를 던지게 유도해도 통하지 않았다. 아마 일하는 중이라서 그렇다고 짐작하는데, 덕분에 개인적으로 말을 틀 기회가 오지 않았다.

일을 이유로 거절당하는 이상, 유혹을 유도하는 히로아키의 스타일과 상성이 나빴다. 그렇다면 히로아키가 적극적으로 추파를 던지는 수밖에 없지만, 상대는 호감이 없는 단계에서 자기만 일방적으로 호감을 표시하기 싫었다. 자기가 우위에 있어야 했다. 그래서 유혹을 유도했다.

'리제롯테만 넘어오면 시녀 군단도 덤으로 따라올 텐데.'

히로아키는 코제트의 뒷모습을 응시하며 걸었다. 생각해보니 리제롯테가 참 매력적이었다. 하루토와 함께 있을 것을 생각하니 또 기분이 나빠졌다.

'……잠깐만, 설마 리제롯테가 쌀쌀맞은 게 시녀처럼 프로 의식을 발휘하는 건가? 일로 나를 만나는 동안은 사적인 감정을 개입하지 않으려고……?'

문득 그런 생각이 떠올랐다. 시녀들의 프로 의식을 생각하면 불가능한 이야기는 아니었다.

'아…….'

갑자기 히로아키가 발을 멈췄다.

"히로아키 님?"

로아나도 멈춰서 히로아키의 얼굴을 들여다보았다.

"아니, 아무것도 아니야."

히로아키는 고개를 좌우로 젓고 다시 걸었다. 로아나와 플로라, 그리고 코우타와 레이가 그 뒤를 쫓았다.

"그러면 우리도 갈까요? 세리아 선생님, 나중에 뵙겠습니다."

멀어지는 플로라의 뒷모습을 보던 크리스티나가 세리아에게 인사를 건네고 다른 응접실로 들어갔다.

그리하여 세리아와 아리아만 남게 되자…….

"들어가시죠."

아리아가 시녀처럼 세리아를 응접실로 안내했다.

"뭐야, 그게. 우리 둘뿐이니까 그러지 마."

세리아가 간지러워하며 말했다.

"후후. 들어갈까요? 차를 준비할게요."

아리아가 보기 드문 부드러운 미소를 그리며 세리아와 응접실 안으로 들어갔다.

◇ ◇ ◇

그 무렵, 리오는 리제롯테를 따라 요새의 한 방에 도착했다.

"제가 머무는 방이라 죄송하지만, 들어오세요."

리제롯테가 문을 열고 리오에게 들어오라고 했다.

'귀족 여성의 방에 남자인 내가 들어가도 되나? 심지어 시녀도 없이······.'

응접실에 단둘이 있은 적이 있지만, 귀족 상식이 부족한 리오는 고민했다. 리제롯테는 괜찮다고 하니 자신의 생각이 지나친 것일 수도 있었다. 무엇보다 이렇게 단둘이 있는 것은 리제롯테가 그만큼 그를 믿기 때문이었다.

"실례하겠습니다."

너무 망설이면 이상하게 여길 테니 리오는 리제롯테의 신뢰에 부응하고자 가볍게 인사하고 안으로 발을 들였다.

방은 간단한 주방이 있는 원룸이었다. 침대와 응접용 테이블과 의자, 옷장이 있었다.

"지금 차를 준비할게요. 넓지는 않지만, 앉으세요."

리제롯테가 상석 의자를 당겨 리오에게 앉으라고 권했다.

"감사합니다."

리오는 감사를 표하며 앉았다.

"아닙니다."

리제롯테가 밝게 말하고 간이 주방 앞에 섰다.

'……기분이 이상한걸.'

리제롯테의 뒷모습을 보며 생각했다. 아가씨 이미지가 강한 리제롯테가 직접 차를 준비하는 모습이 참 가정적으로 보였다.

"차를 직접 준비하곤 하시나요?"

리오가 마도구로 물을 데우는 리제롯테에게 물었다.

"네. 혼자 있을 때는 종종. 남에게 대접한 적이 거의 없어서 잘 됐으면 좋겠네요."

리제롯테가 살짝 뺨을 붉히고 쑥스러워하며 말했다.

"리제롯테 씨가 직접 끓여준 차라니 무척 기대되네요."

리오가 키득키득 웃으며 말했다.

"부담 주지 마세요."

그런 대화를 나누며 준비를 마친 리제롯테가 쟁반을 들고 돌아왔다. 차가 찻주전자에서 우러나도록 바로 따르지는 않았다.

"그럼 본론으로 들어갈까요. 그 전에, 와주셔서 감사합니다."

리제롯테가 운을 떼고 리오에게 고개를 숙였다.

"아뇨. 조금 전에 말씀드린 대로 저도 리제롯테 씨에게 할 말……이라기보다는 사츠키 씨의 전언이 있어서요."

"어머, 그래요?"

리오가 가볍게 고개를 끄덕이고 말하자 리제롯테가 눈을 깜빡였다.

"네. 연회 중에 집밥 이야기가 나왔잖아요. 함께 먹어야 더 맛있으니까 그때 그곳에 있었던 리제롯테 씨도 꼭 같이 했으면 해서요."

리제롯테가 지금 여기서 리오를 만나기 전에 왕도에 가서 사츠키를 만났다면 이미 들었겠지만.

"……영광입니다."

만나지 못한 모양이었다. 리제롯테가 무척 기뻐하며 수줍어했다.

"문제는 언제 어디서 누구와 함께 먹느냐입니다만……."

리오, 리제롯테, 사츠키. 세 사람은 평소 각기 다른 곳에서 지내다 보니 일정을 맞추기 번거로웠다. 전생처럼 전화나 문자 같은 연락수단으로 가볍게 연락을 주고받지도 못했다.

일단 원거리 통신용 마도구는 있지만, 통신권 내에 같은 마도구를 가진 사람이 있으면 정보가 줄줄 새기 때문에 사적인 용도로는 쓸 수 없었다.

암호가 있지만, 암호를 공유한 사람이 아니면 연락 기능을 못 했고 남이 해석할 위험이 있었다. 비밀성이 높은 정보는 구두로 주고받는 것이 정석이었다.

요인들이 귀한 재료를 사용한 식사 모임을 연다는 소식이 귀족들 귀에 들어가면 자기도 참가하고 싶다고 잔뜩 몰려와도 이상하지 않았다.

"비밀리에 일정을 조정해야겠네요."

리제롯테가 즉시 상황을 파악했다.

"네. 너무 규모가 커지면 준비하기 어렵고, 오랜만에 그리운 맛을 즐기려면 남의 눈을 신경 쓰지 않아도 되는 상황이 좋지 않을까 싶어서요."

"네. 맞는 말씀입니다."

리제롯테가 힘차게 긍정했다. 오랜만에 먹는 전생의 집밥이었다. 남의 눈은 신경 쓰지 않고 즐기고 싶었다.

"우리와 사츠키 씨, 그리고 미하루 씨는 포함이고 따로 초대하고 싶은 사람이라도 있으세요?"

리오는 참석자부터 고르기로 했다.

"음…… 제 지인 중에 추천하고 싶은 사람은 없습니다만……. 하루토 님의 지인분들과 더 이야기를 나눠보고 싶네요. 특히 세리아 님, 아이시아 님과는 아망드가 마물에 습격당했을 때도 거의 이야기해보지 못해서요."

"세리아와 아이시아…… 그리고 제 동료들도 말이죠?"

"네. 미하루 님과 친구니까 사츠키 님도 만나보고 싶지 않으실까요? 그리고…… 할 수 있다면 전생에 같은 버스를 타던 아이와도 만나고 싶습니다."

리제롯테가 요청했다.

'사츠키 씨는 연회 중에 성을 몇 번 빠져나가서 이미 다들 아는 사이야. 그리고 라티파 일은……'

리오는 생각했다. 리제롯테에게는 빚이 있고 적잖이 친해졌다. 식사 모임 참석자 중 리제롯테만 그것을 모를 것을 생각하니 기분이 안 좋았다. 무엇보다 다른 사람들도 리제롯테 앞에서 처음 보는 척하면 마음이 불편할 것이었다. 잘 설명하지 않으면 안된다.

다만, 리오의 머리에는 라티파가 더 큰 문제로 떠올랐다.

단언할 수는 없지만, 몇 년 전에 모습을 감춘 리오에게 라티파를 암살자로 보낸 자가 유그노 공작일 가능성이 컸다. 라티파의 트라우마를 자극할까 봐 슈트랄 지방에 가서 유그노 공작과 알게 되고도 일부러 말하지 않았다.

지금까지는 바위 집에 있는 일이 많고 귀족이 있는 곳에 데려간 적이 없어서 문제가 드러나지 않았다.

──이건 라티파가 성장할 좋은 기회일 수도 있네. 과거의 상처를 지우기 위해서라도.

라티파를 데리고 슈트랄 지방으로 가기 전에 회의장에서 최장로 아슬라가 한 말을 떠올렸다.

기껏 슈트랄 지방으로 데려왔는데 계속 집에만 있게 해도 될까? 라티파의 미래를 위해서도 많은 것을 경험해야 하지 않을까?

무엇이 옳은지 알 수 없었다. 단지 라티파가 리제롯테와 만나길 원한다면 오빠로서 존중하고 싶었다.

"……시간이 안 맞을 수도 있지만, 알겠습니다. 모두에게 물어볼게요."

리오가 거기까지 생각을 마치고 대답했다.

"정말요? 감사합니다!"

리제롯테가 기뻐하며 활짝 웃고 감사를 표했다.

"아뇨. 사실…… 전생에 초등학생이었던 그 아이가 지금은 제 동생입니다."

리오가 리제롯테에게 라티파와 무슨 관계인지 밝혔다.

"동생, 이요?"

리제롯테가 크게 당황했다.

"네. 친동생은 아니지만, 이 세상에 깨어났을 때는 이미 복잡한 환경에 놓인 과거가 있었고 이러저러해서 제가 보호하게 됐습니다. 지금은 밝게 지내지만, 귀족을 어려워할지도 모릅니다. 특히 벨트람 왕국의 어떤 귀족은……. 그래서 평소에는 친한 사람들 사이에서 지내게 하고 밖에는 그다지 내보내지 않았습니다."

리오가 조금 그늘진 얼굴로 라티파가 어떤 환경에 놓였는지 말했다.

"그런 일이……."

"하지만 오빠로서 할 수 있는 일은 다 해주고 싶습니다. 바깥세상으로 나가고 싶다면 그렇게 해주고 싶어요. 리제롯테 씨라면 안심하고 동생을 소개할 수 있습니다. 그러니까 저도 부탁드립니다. 동생을 만나주셨으면 좋겠습니다. 틀림없이 기뻐할 거예요."

리오가 리제롯테에게 고개를 숙여 부탁했다.

"……알겠습니다. 그러면 일정 조정은 제게 맡겨주세요. 만나고 싶은 마음은 저도 같습니다. 그 아이가 안심하고 올 수 있게 난제를 극복하고 모임을 준비하겠습니다. 외부에 그 아이의 이름과 외모가 새어나가지 않게 배려하겠습니다."

리제롯테가 힘차게 고개를 끄덕이고 간사 역할을 맡았다.

"정말 든든하네요. 말씀드렸지만, 특히 벨트람 왕국의 귀족은 만나게 하고 싶지 않습니다. 적어도 본인이 원하지 않는 한은……."

리오가 난처한 얼굴로 의미심장하게 말했다.

"정말 힘든 일이 있었나 보군요……."

리제롯테의 얼굴에 짙은 그늘이 드리웠다.

"네. 제가 꺼낼 수 있는 말이 아니라 정말 죄송합니다만……. 이번에 그것도 포함해서 본인과 이야기를 해볼 생각입니다. 나중에 만나면 본인이 직접 설명할지도 몰라요."

"알겠습니다. 그럼 참석자는 하루토 님과 그 아이의 친구, 사츠키 님과 저로 마무리하겠습니다. 그러면 그 아이가 처음 만나는 사람은 사츠키 님과 저뿐일 테고……."

"……그 부분 관련해서 드릴 말씀이 있습니다. 말씀드리기 어렵긴 하지만, 식사 모임을 하게 됐으니 리제롯테 씨에게 알려드려야 한다고 생각해 말씀드립니다. 되도록 외부로 안 나갔으면 하는 정보입니다만."

리오가 잠시 생각하다가 결심하고 이야기를 꺼냈다.

"……네, 뭔가요?"

"제 친구들과 사츠키 씨는 이미 만난 적이 있습니다."

"으음, 어디서 만날 기회가 있었나요?"

예상하지 못한 내용이었는지 리제롯테가 물음표를 띄우며 물었다.

"네. 비밀리에."

"비밀리에……. 폐하는……?"

"모르십니다."

"……그러면 언제? 어떻게 만났죠?"

"저번 연회 중에요. 장소는 성 밖. 들키지 않게 데려나갔습니다."

"……어, 어떻게?"

"하늘을 날아서요."

"……그, 그랬군요."

리제롯테는 상당히 동요했지만, 현실을 잘 받아들였다.

"놀라신 것 같은데 믿어주시네요?"

하늘을 날아서 성을 빠져나가다니, 누구를 바보로 아느냐고 일축당해도 이상하지 않았다. 그리핀 같은 기수를 이용했다면 모를까, 야간비행은 추천하지 않고 날갯소리 때문에 경비병들이 금방 알아챌 것이었다.

"마도선으로 납치당할 뻔한 미하루 님을 구할 때, 마검으로 하늘을 날았다는 이야기를 들어서요."

"알고 계셨군요……."

"네. 그런데 설마 성에서 빠져나갔을 줄이야."

"리제롯테 씨에게 초대받아서 간 건데 위험한 행동을 해서 죄송합니다."

리오가 중력에 빨려 들어가듯 깊게 머리를 숙였다.

"아뇨, 이유를 알 것 같습니다. 그런데 왜 제게 알려주신 거죠?"

리제롯테가 리오의 얼굴을 들여다보며 물었다.

"……저를 포함해 친해진 사람을 아무렇지 않게 처음 만난 척할 수 있을 만큼 뻔뻔하지가 못해서요."

"……감사합니다."

리제롯테가 당황하더니 갑자기 쑥스러워하며 감사를 표했다.

"왜 고마워하세요?"

리오가 눈을 깜빡이며 물었다.

"얼굴 보고 그렇게 말씀해주시니 기뻐서……. 사정은 알겠습니다. 그렇다면 아망드에 있는 우리 집에서 모일까요?"

"리제롯테 씨의 저택에서요? 사츠키 씨를 데리고 말이죠?"

저번 연회처럼 하늘을 날아서 성을 나오더라도 왕도에서 아망드까지 갈 길이 멀었다. 사츠키가 없어진 것을 알게 될 터였다.

"하루토 님이 하늘로 데려오시지 않아도 돼요. 폐하께 외출 허가를 받을 수 있을지 여쭤 정공법으로 저택으로 초대할 생각입니다."

"그 방법이라면 확실히…… 그런데 가능할까요?"

"가능성은 충분합니다."

"……리제롯테 씨가 그렇게 말씀하신다면야. 부탁드려도 될까요? 저는 다른 사람들에게 참석할지 물어보겠습니다."

"네, 맡겨주세요. 개최 시기는 언제쯤이 좋을까요? 원하는 날짜 있으십니까?"

"한두 달 내에 개최해주시면 괜찮아요. 그 후에는 잠깐 여행을 떠나야 해서……."

"그러면 하루토 님이 여행을 떠나기 전에 움직이는 편이 좋겠군요. 마침 이번 일을 보고하러 왕도에 갈 예정이었으니 생각보다 일찍 개최할 수도 있겠어요. 로다니아에 간 뒤에는 어떻게 하실 겁니까?"

로다니아에 머무를까, 리제롯테를 따라 가르아크 왕국 왕도로 갈까.

"……로다니아에 오래 머물 생각은 없으니 세리아…… 은인의 안전이 확인되는 대로 떠날 생각입니다."

리오가 대답했다. 아직 본인 입으로 레스토라시온에 가입하겠다고 하지는 않았지만, 세리아는 분명 로다니아에 남을 것이었다. 함께 지내지 못할 것을 생각하니 쓸쓸하지만, 어쩔 수 없었다. 세리아는 벨트람 왕국의 귀족이니까.

당장에라도 프로키시아 제국으로 가고 싶지만, 한동안 세리아가 안전한지 두고 봐야 했다. 그래서 로다니아를 서둘러 떠날 생각은 없었다.

'이름을 부르는 걸 보니 친한 사이인 거지? 하루토 님과 세리아 님이 어떤 사이인지 궁금하긴 한데⋯⋯.'

리제롯테는 리오가 세리아를 편하게 부르는 데에 관심을 기울였다. 세리아와 무슨 사이인지 궁금했지만, 단순한 호기심 때문에 캐묻는 것은 좋지 못했다.

"그렇군요."

자신을 자제한 리제롯테가 쓸쓸한 눈으로 맞장구쳤다.

"아이시아에게 미하루 씨와 동생 호위를 맡겼으니 모임 이야기하러 갈 겸 그들을 만나러 갈 생각입니다. 그 전에 아망드나 왕도 가르투크에서 리제롯테 씨와 만나 모임 일정을 확인하는 편이 좋겠네요. 개최일은 사츠키 씨와 리제롯테 씨 사정을 우선해서 결정하셔도 괜찮습니다."

"만약 지금부터 그분들을 아망드로 데려온다면 며칠 정도 걸릴까요?"

"걸어서 이동하면 기후에 따라 1, 2주 정도지만, 제가 안아서 옮기면 2, 3일 내로 도착할 수 있어요."

"시간이 많이 단축되는군요. 순전히 궁금해서 그런데 아망드에서 가르투크까지는 얼마나 걸릴까요?"

"저 혼자라면 이틀이면 됩니다."

하늘을 날아서 이동하면 최고 속도로 몇 시간 안에 도착하겠지만.

"이, 이틀?!"

리제롯테에게는 이틀도 놀라운 시간이었다.

"아시다시피 저는 마검으로 하늘을 날 수 있습니다. 악천후만 아니면 시간을 대폭 줄일 수 있습니다."

이틀이라는 숫자는 기후 조건을 가미한 숫자였다. 특히 미개척지는 날씨 이변이 잦아서 안전을 고려해 비행하지 않고 바위 집에만 있는 날도 많았다.

"······그러면 오늘부터 최소 3주 후, 늦어도 두 달 내에는 개최하는 것으로 일정을 조정하면 어떨까요?"

"그래도 괜찮습니다."

"그러면 그사이에 모임을 개최할 수 있게 일정을 옮겨보겠습니다. 식자재 수송이 어려우면 장소에 따라서는 마도선으로 옮길 수도 있습니다만······."

"그러실 건 없습니다. 그래, 이것도 리제롯테 씨에게 말씀드리는 게 낫겠네요."

리오가 고개를 젓고 곰곰이 생각하며 말했다.

"뭔가요?"

"화물 수송 방법이요. 앞으로는 술 거래도 해야 하니 미리 설명해야 혼란이 적을 것 같습니다. 친한 사람들 외에는 숨기지만, 리제롯테 씨는 비밀을 엄수해주실 테니까요."

"그렇게 말씀하시니 영광입니다만······."

대체 어떻게 옮긴단 말인가?

"보여드리겠습니다. '디스차지'."

리오가 시공의 장을 찬 손을 뻗고 주문을 외웠다. 그러자 손 주변 공간이 살짝 뒤틀리고 도자기 하나가 나타났다.

"이⋯⋯이건?"

눈을 크게 뜨고 굳은 리제롯테가 간신히 물었다.

"시공의 장이라고 하는 고대 마도구입니다. 제약이 있긴 하지만, 시간과 공간이 격리된 아공간에 짐을 수납할 수 있어서 지금 보신 것처럼 필요할 때 짐을 꺼낼 수 있습니다."

리오가 시공의 장에 관해 설명했다. 돌발적으로 리제롯테에게 이 마도구를 보여준 것은 아니었다. 리제롯테가 연회 중에 리오가 만든 술을 팔지 않겠느냐고 부탁하고 계약을 맺기로 했을 때부터 생각하던 일이었는데 마침 기회가 와서 보여줬다.

"시간과 공간이 격리된 아공간에 짐을 수납할 수 있는 고대 마도구⋯⋯. 그럼 예를 들어 수납한 음식물이 썩지 않게 보관할 수 있다는 말씀입니까?"

리제롯테가 말도 안 된다는 듯이 조심스럽게 물었다.

"네, 바로 그렇습니다."

"엄청난 물건을 가지고 계시군요⋯⋯."

놀란 나머지 리제롯테의 목소리가 떨렸다. 바람을 자유자재로 조종하는 마검에 머리카락 색을 바꾸는 마도구, 한입 머금으면 귀족도 감탄할 술, 대체 보물을 얼마나 숨겨

놓았나. 감탄을 넘어 어이가 없었다.

이런 물건을 한 사람이 소유한 게 이상했지만, 리오의 힘을 생각하니 별로 이상할 것도 없어 보여 곤란했다.

'장소에 상관없이 물건을 옮길 수 있는 마도구라니, 뭐야! 갖고 싶어! 엄청나게 갖고 싶어! 하지만 하루토 님에게 억지 부릴 수는 없잖아!'

시공의 장은 상인이라면 눈에 불을 켜고 달려들 보물이었다. 자기도 모르게 양보해달라고 말하고 싶은 충동에 빠졌지만, 리제롯테는 참았다. 소유할 방법이 있다면 알고 싶지만, 고대 마도구이니 입수도 제조도 불가능할 것이었다.

"이 도자기에 술이 들었으니 드리겠습니다."

리오가 테이블 위에 술병을 놓고 쓱 밀었다.

"가, 감사합니다."

리제롯테가 꾸벅 고개를 숙였다.

"이 마도구가 있으니 물자 수송은 걱정하실 것 없습니다."

"알겠습니다."

괜한 걱정이었구나. 리제롯테는 쓴웃음 지었다.

"그리고 '디스차지'. 이건 미하루 씨가 직접 만든 초콜릿이에요."

리오가 테이블로 손을 뻗어 다시 주문을 외웠다. 그러자 작게 자른 초콜릿이 담긴 그릇이 나타났다.

"미하루 씨가……."

리제롯테가 침을 꿀꺽 삼켰다. 공교롭게도 방에 과자가

없어서 테이블에는 차밖에 없었다. 이 초콜릿을 다과로 곁들이면 차가 한층 맛있어질 것 같았다.

"넣을 때는 '스트레지'라고 주문을 외웁니다."

리오가 무정하게 주문을 외워 초콜릿 그릇을 시공의 장에 수납했다.

"아…….."

리제롯테가 놀람과 아쉬움이 반씩 섞인 소리를 흘렸다.

"'디스차지'. 괜찮다면 차와 함께 드세요."

리오가 키득 웃고 다시 초콜릿을 꺼냈다. 마도구 효과를 설명하기 위해 시범을 보였을 뿐, 초콜릿은 처음부터 줄 생각이었다.

"그, 그러면 감사히…… 하나만 받겠습니다. 마, 맛있어!"

리제롯테가 쑥스러워하며 그릇에 담긴 초콜릿으로 손을 가져갔다. 미하루가 만든 과자 맛을 알아서 손을 가져가지 않을 수 없었다.

리오도 리제롯테가 신경 쓰지 않도록 같이 먹었다. 초콜릿이 입에 들어간 순간, 고급스럽고 과하지 않은 달콤함이 퍼졌다.

"맛있네요."

리오가 먼저 감상을 말했다.

"음~."

리제롯테는 자기도 모르게 환희하고 고개를 끄덕이며 입가에 귀여운 미소를 그렸다. 그녀의 반응에 리오도 부드립게 뺨을 이완했다.

"리제롯테 씨도 할 말이 있다고 하셨는데 무슨 이야기인 가요?"

"같이 온 일본인 소년들 이야기를 하고 싶어서요. 지금 아는지 모르는지는 제쳐놓고 리카 상회 제품명을 들으면 지구 언어라는 것을 알게 될 테니까요."

그때를 대비해 어떤 사람들인지 알고 싶다는 말이었다. 리제롯테는 리오의 질문에 대답하고 그림 같은 동작으로 차를 입에 머금었다.

"아하……. 저도 만난 지 얼마 안 됐지만, 나쁜 사람은 아닙니다. 코우타 씨는 성실하고 정직하고 정의롭죠. 레이 씨는 조금 까불대는 성격이지만, 주변 사람을 잘 살피고 후배인 코우타 씨에게 신경 써주고 있어요. 유일한 걱정은 둘 다 지극히 평범한 고등학생이라고 해야 하나, 아직 세상을 모른다는 의미로 조금 위험하다는 점입니다."

리오는 루이가 코우타와 레이를 걱정한 이유를 알겠다는 생각을 하며 두 사람의 성격을 말했다.

"앞으로 어떻게 한다던가요?"

"그건 아직 정하지 않은 것 같습니다. 레스토라시온 소속이 될 가능성이 크다고 생각합니다만……."

리오가 그렇게 대답한 것은 루이와 그들의 대화를 들어보니 코우타와 레이가 무작정 뛰쳐나온 느낌이 들었기 때문이었다. 크리스티나도 그들이 마도선에 밀항했다고 말했다.

"알겠습니다. 감사합니다."

"참고가 됐으면 좋겠네요."

"네. 지금은 제 전생을 말할 생각이 없습니다만, 미래에는 혹시 모르죠."

이제 막 만났으니 타당한 판단이었다.

"두 사람과는 별개로 믿을 수 없는 상대가 상회의 비밀을 물으면 어떻게 설명하실 생각입니까?"

리오가 궁금해서 물어봤다.

"제조법이 적힌 옛 문헌을 발견했다고 설명할 생각입니다. 그럴싸한 문헌도 만들어놨습니다."

"능수능란하시네요."

일본에서 이 세상으로 전이한 사람이 과거에도 있었을 것이라는 생각은 충분히 할 수 있을 법했다.

"만드느라 고생했지만요."

문헌을 만들 때가 생각났는지 리제롯테가 씁쓸한 미소를 지었다. 리제롯테의 필적이라고 들통나면 안 돼서 아리아에게 대필을 부탁했는데 그럴싸하게 만드는 데 상당한 시간이 걸렸다.

"두 사람에게 제가 슬쩍 이야기해볼까요?"

리오가 제안했다.

"배려해주셔서 감사하지만, 직접 대화해보고 싶으니 시간을 만들어볼 생각입니다."

리제롯테가 고개를 가로젓고 리오의 제안을 거절했다. 그리고 한동안 대화가 오갔다.

◇ ◇ ◇

수십 분 뒤, 대화를 마치고 방을 나오자 코제트와 클로에가 리제롯테 방 앞에 있었다. 리오는 그들에게 말을 걸었다.

"두 분, 여기 계셨어요?"

"네. 하루토 님을 기다리고 있었습니다. 저희가 안내한 기억이 없고 요새 어디에도 안 계셔서 주인님의 방에 계시지 않을까 했습니다."

코제트가 방긋 웃으며 대답했다.

'왜 리제롯테 님의 방에 하루토 님이 계시나요? 그것도 단둘이.'

주인인 리제롯테에게 시선으로 외치며.

"어머, 마침 잘됐어. 클로에, 하루토 님을 방으로 안내해 드려."

리제롯테가 코제트의 시선을 가볍게 받아치고 클로에게 지시했다.

"네. 이쪽입니다, 하루토 님. 저를 따라오세요."

클로에가 바로 움직였다.

"리제롯테 씨, 코제트 씨. 저는 이만."

리오는 주인과 시녀의 미소 뒤로 오가는 대화를 알아차리지 못한 채 작별인사를 했다.

"네. 편히 쉬세요."

리제롯테가 밝은 표정으로 배웅했다. 리오는 클로에와 함께 통로를 지나갔고 곧 두 사람의 모습이 사라졌다.

"하루토 님은 제가 안내하게 해주세요. 그보다 왜 단둘이 만나고 계셨어요? 그것도 리제롯테 님의 방에서."

코제트가 리제롯테에게 호소했다.

"손이 모자라서 내가 대응했을 분이야. 잠깐 할 말도 있었고. 다 알고서 내 방 앞에 대기했던 거 아니야?"

"으으으. 고위 귀족 여성이 자기 방에 시녀도 없이 이성을 초대하다니, 호감 있다고 말하는 거나 다름없잖아요. 리제롯테 님이 하루토 님을 노린다는 이야기는 못 들어봤는데요? 승산이 없잖아요오."

"하루토 님에게 호감 있다고 말한 기억은 없는데?"

리제롯테가 착각하지 말라는 듯이 태연하게 말했다.

'애초에 전해지긴 하나……? 호감.'

코제트의 눈을 피하며 물음표를 그렸다. 전생에도 현생에도 연애 경험 없이 자란지라 그쪽 방면으로는 지식이 부족했다.

"말씀하신 적 없다는 건 알죠. 저희도 들은 적이 없으니까요. 문제는 호감이 있으시냐 없으시냐예요."

코제트가 리제롯테에게 들이대며 물었다.

"……가자. 하루토 님과 함께 온 소년들에게 갈 거야. 너도 와."

리제롯테가 뺨을 발그레 붉히고 종종걸음쳤다. 코제트가 "어휴" 하며 뺨을 부풀리고 그녀를 뒤쫓았다.

◇ ◇ ◇

리오가 리제롯테의 방에 도착했을 무렵, 크리스티나와 유그노 공작이 있는 응접실에서는…….

'샤를과 에마르 경을 포로로 끌고 오다니 크리스티나 왕녀가 엄청난 선물을 지참했군. 플로라 왕녀가 다루기 쉽긴 한데…… 그 단점을 감안할 만큼 장점이 있어. 영향력이 커지는 건 생각해 봐야 하지만.'

이야기를 시작하기 전, 유그노 공작은 생각했다.

"저는 이만 실례하겠습니다. 방 밖에 있을 테니 필요하면 부르십시오."

나탈리는 타국 귀족의 대화를 들을 수는 없으니 차를 준비하고 스스로 방을 나갔다. 드디어 크리스티나와 유그노 공작이 둘만의 대화를 시작했다.

"역시 왕녀님이라고 해야 할까요? 참으로 훌륭하십니다. 샤를 아르보와 에마르 경을 포박하다니요."

문이 닫히자 유그노 공작이 포문을 열었다.

"내가 아니라 아마카와 경의 공이야."

크리스티나가 서늘한 얼굴로 대답했다.

"하지만 아마카와 경이라는 지기를 얻고 호위를 맡긴 것은 전하의 수완이시지 않습니까. 가르아크 왕국이 먼저 손을 써서 참으로 아쉬웠는데 설마 전하께서 비장의 카드로 숨겨두셨을 줄이야. 다른 소녀들도 실력 있는 마검사라지 않습니까. 세리아 군도 우리나라를 대표하는 천재 마도사. 그들이 레스토라시온에 협력하면 이거 무척 기쁜 착오로군요."

유그노 공작이 두 손을 들고 수다스럽게 말했다.

레스토라시온은 전투면에서도 마술면에서도 인재가 부족했다. 일단 그것만 충족된다면 크리스티나가 눈엣가시 같아도 두 팔 벌려 환영하는 수밖에 없었다.

"섣부른 판단이군. 세리아 선생님은 몰라도 아마카와 경을 포함한 네 분은 벨트람 왕국 귀족이 아니야. 은인이기는 하지만, 어디까지나 외부인. 레스토라시온에 계속 협력하지 않을 거야. 그렇게 생각하도록 해."

크리스티나가 못 박았다.

"……하지만 아마카와 경은 아르보 공작파의 영향력을 줄이기 위해 세리아 군을 식장에서 납치하고 이렇게 전하 호위까지 맡지 않았습니까?"

어떠한 정치적 이해가 일치해서 도운 게 분명하고, 그렇다면 협조도 얻을 수 있지 않겠냐고 유그노 공작이 넌지시 주장하며 물었다.

"아마카와 경과 그들이 우리를 도운 건 아르보 공작파의 영향력을 줄인다는 우리 목적 범위 밖에서 이해가 일치한 것에 지나지 않아."

"그 말씀은?"

"……세리아 선생님 구출."

하루토와 세리아의 관계를 말해야 하나 고민했지만, 사이 좋은 두 사람을 보면 바로 깨달을 터였다. 크리스티나는 그렇게 생각하고 이 자리에서 말하기로 했다. 그래야 말도 맞고 제대로 못도 박을 수 있었다.

"세리아 군과 아마카와 경이 친한 것은 보기만 해도 알 수 있습니다만, 그들은 대체 어떤 사이입니까?"

"세리아 선생님이 아마카와 경의 은인이라더군. 그래서 아마카와 경이 검을 들어줬어. 지금은 세리아 선생님이 아마카와 경에게 크게 고마워하는 것 같지만."

"아마카와 경이 세운 공에 준하는 빚은, 생각나지 않는군요. 하지만 그는 세리아 군에게 진 빚이 사라졌다고 생각할 인물도 아니지 않습니까?"

하루토 아마카와라는 검사를 끌어들이기 위해 파고들 틈이 있다면 바로 이거라고 지적하듯이 유그노 공작이 물었다.

"……그래. 그래서 세리아 선생님이 레스토라시온에 있는 한, 그가 우리와 적대할 가능성은 낮아. 하지만 우리가 세리아 선생님을 해치려 하면 그의 검은 무자비하게 우리를 향할 거야."

크리스티나가 날카롭게 따졌다.

"세리아 군을 해칠 생각은 없습니다만……."

유그노 공작이 허탈하게 웃고 어깨를 으쓱했다.

"당연해. 하지만 레스토라시온의 누군가가 아마카와 경의 협조를 구하려고 세리아 선생님에게 쓸데없는 짓을 할 수도 있잖아?"

"있어서는 안 된다고 생각합니다만……."

유그노 공작은 부정하지 않았다.

"어리석은 사람이 나오지 않게 철저하게 감시해줘. 앞으로 세리아 선생님은 우리가 보호할 테니까 수상한 움직임이 보이면 무조건 재판대에 올리겠어."

이것은 명령인가, 경고인가.

"과보호라고 해야 하나, 너무 세리아 군 편만 드시는 것 아닙니까?"

유그노 공작이 농담하듯 말했다.

"당연해. 샤를이 이끌던 기사와 마도사 정예부대를 가볍게 물리치고 알프레드와 용사 시게쿠라 님을 정정당당하게 이긴, 5천 병사를 떨게 한 인물이 아마카와 경이야. 그런 인물과 사이가 좋은 것보다 나은 건 없어. 그러니 앞으로 세리아 선생님은 아마카와 경과 우리 사이에 가장 중요한 인물이 될 거야. 당신은 당연히 알 줄 알았는데."

"압니다만, 아마카와 경의 조력을 기대하는 사람도 많습니다. 좀 더 적극적으로 좋은 인연을 만들어야 한다고 생각합니다만⋯⋯."

"⋯⋯그래. 그러니까 그를 내버려두라고까지는 하지 않겠어. 하지만 본인이 원하지 않는데 필요 이상으로 그를 회유하는 짓은 용인할 수 없어. 이건 아마카와 경에 대한 성의 문제야. 최소한의 신용을 얻기 위한. 그러니 다시 말하지. 어리석은 사람이 나오지 않게 철저히 알려줘."

크리스티나가 거듭 주의했다.

"⋯⋯분부대로 하겠습니다. 도가 지나쳐서 미움을 사는 것은 좋은 생각이 아니죠. 우선 로다니아로 초대해 축하연에 출석하는 정도로 마무리하겠습니다."

유그노 공작이 가슴에 손을 대고 정중하게 고개를 숙였다.

'거참 요란하군. 하지만 이해는 돼. 살아있는 전설인 용사 중 한 명, 그리고 벨트람 왕국 최강이자 슈트랄 지방에서도 최강의 후보자라 칭송받는 에마르 경을 이겼다. 이번 일로 그의 평가가 더 좋아지겠지. 손에 넣고 싶구나⋯⋯. 어떻게 해서든.'

고개 숙인 채 생각했다. 하지만 하루토 정도의 지명도를 가진 영웅에게 억지수단을 쓰는 게 악수라는 건 알고도 남았다. 탐나는 전력이고 견제할 상대가 플로라였다면 방법은 얼마든지 있지만, 이번 상대가 크리스티나라면 함부로 할 수 없었다.

'자기 아들이 저지른 사건을 계기로 그 인재가 벨트람 왕국을 떠난 것을 알면 이 남자는 어떤 표정을 지을까? 그리고 어떻게 움직일까……. 아니, 아마카와 경이 그 사람이라는 증거는 없어. 생각해봤자 무의미해.'

크리스티나는 상상을 펼치다가 바로 치웠다.

'유그노 공작 견제는 이 정도면 충분하고 이제 플로라 차례구나. 그 아이는 어쩌면…….'

크리스티나는 동생 생각을 했다. 회의하는 사이 나온 말 중 마음에 걸리는 부분이 몇 군데 있었다. 나중에 확인해야 했다. 생각을 적당히 끊고 앞에 앉은 상대에게로 의식을 옮겼다. 지금 이 자리에서 물어봐야 하는 것이 또 있었다.

"내가 없는 동안 있었던 일을 말해봐."

크리스티나가 유그노 공작에게 물었다.

"크리스티나 님이 샤를 아르보를 포로로 끌고 온 것이 가장 눈에 띄는 일이었습니다만……."

유그노 공작이 입가에 손을 대고 흠, 목을 울렸다.

"우선 이미 아시겠지만, 아망드에서 플로라 님이 루시우스라는 남자에게 납치될 뻔한 사건. 그리고……."

유그노 공작이 크리스티나의 얼굴을 물끄러미 보았다.

'그 이야기는 오는 길에 아마카와 경에게 듣긴 했지만, 플로라에게도 들어봐야 해.'

"그리고?"

크리스티나가 순식간에 생각을 정리하고 유그노 공작에게 물었다.

"플로라 님이 히로아키 님과 약혼하셨습니다."

유그노 공작이 선뜻 사실을 입에 담았다.

"……뭐라고?"

크리스티나의 표정에 변화가 생겼다.

"연회 이후, 히로아키 님에게 맞선 신청이 급증해 더는 히로아키 님의 정실 자리를 비워두면 안 되겠다는 생각에 얼마전에 결정했습니다. 히로아키 님과 플로라 님, 쌍방의 동의를 얻었고 가르아크 왕국의 프랑수아 국왕 폐하에게도 알렸습니다."

유그노 공작이 도도하게 보고했다.

"공표했다고?"

크리스티나가 굳은 목소리로 물었다.

"아닙니다. 아직 공표는 하지 않아서 리제롯테 군도 모르는 정보입니다. 하지만 로다니아에 도착하는 대로 정식으로 발표할 생각입니다."

"……."

크리스티나는 입을 다물었다. 왕후 귀족 여성에게 정략결혼은 당연한 일이었지만, 플로라에게 약혼은 일렀다. 이것은 어리석은 언니만의 생각일까?

선택의 여지가 없었을 것이다. 결혼의 의미도 잘 모르면서 그러는 수밖에 없는 길에 놓여 약혼을 받아들인 게 분명했다.

"뭔가 잘못됐습니까?"

생각에 잠긴 크리스티나에게 유그노 공작이 시미치를 떼며 물었다. 용사인 히로아키가 동의했고 프랑수아의 귀에도 약혼 이야기가 들어간 이상, 아무리 제1 왕녀인 크리스티나라고 해도 쉽게 이의를 제기할 수 없었다. 그런 줄 알고서 물었다. 그리고 유익한 인재를 확보하려면 상응하는 무언가를 제공하는 것이 도리였다.

'플로라 왕녀와 히로아키 님의 결혼이 실제로 성립해야 내가 개입할 틈이 생기니까. 약혼을 서두른 보람이 있군.'

유그노 공작이 사람 좋아 보이는 미소를 지었다.

"……아니. 조금, 놀랐을 뿐이야."

크리스티나는 애써 냉정하게 고개를 저었다. 감정에 휩쓸려 말실수를 하면 히로아키에게 무슨 소리를 할지 몰랐다. 그래서 지금은 그러는 수밖에 없었다.

'조금만…… 내가 조금만 더 빨리 왔더라면…….'

내가 대신해줄 수 있었을 텐데. 플로라의 부담을 줄여줬을 텐데. 크리스티나는 마음속으로 자신의 무력함을 저주했다.

◇ ◇ ◇

크리스티나와 유그노 공작이 면담하는 옆 응접실에서 세리아는 아리아와 오랜만에 대화를 나눴다.

"당신이 결혼식장에서 납치돼서 걱정했습니다만, 무사

해서 다행입니다. 이렇게 다시 만날 줄은 몰랐지만요……. 아니, 이미 만났던 게 맞겠군요."

아리아가 사람 놀라게 한다는 듯이 세리아를 보고 웃었다.

"아하하……. 그때는 세리아 크렐이라는 걸 숨겨야 했거든. 미안해."

옛 친구를 속여서 미안했는지 세리아가 멋쩍게 사과했다.

"사과할 필요 없습니다. 오히려 제가 고마워해야죠. 아망드가 마물에게 습격당했을 때 정체를 들킬 위험을 떠안고 도와줬으니까요."

"그때는 당연한 일을 했을 뿐이야. 그리고 도와주기로 하고 움직인 건 하루토야. 고맙다는 말은 그 아이에게 해줘."

"아마카와 경은 제가 개인적으로 면담을 요청할 수 있는 분이 아니지만, 따로 대화할 기회가 있으면 그러겠습니다."

아리아가 고개를 깊게 끄덕이며 긍정의 뜻을 비쳤다.

"그렇, 지……. 그 아이, 그렇게 대단해졌구나. 그러면 나도 말해놓을게."

세리아가 귀엽게 입술 아래에 손을 대고 중얼거렸다. 그리고 자랑스러워하며 웃어보였다.

"네, 부탁해요. 그건 그렇고…… 그 분 이야기할 때 정말 기뻐보이는군요."

아리아가 웃으며 지적했다.

"그……그래?"

당황한 세리아의 얼굴이 살짝 붉어졌다.

"몰랐습니까?"

"이, 일반적이야, 일반적. 친한 사람이 세상에 인정받았는데 당연히 기쁘지."

아리아가 기막혀하는 시선을 보내자 세리아가 새침한 얼굴로 말했다.

"……뜬금없는 질문이지만, 아마카와 경과 사귀는 사이 맞죠?"

"사, 사귀는 사이?!"

세리아의 얼굴이 빨갛게 달아올랐다.

"아마카와 경이 당신을 구출한 경위는 복잡한 사정이 얽혔을 테니 대답하지 않아도 됩니다. 하지만 옛 친구로서 신경이 쓰이네요."

"하, 하루토와는 그런 사이 아닌데……."

세리아가 말꼬리를 흐리고 부끄러워했다.

"아하. 아마카와 경은 몰라도 당신은 그런 상대로 생각하는군요."

"아니라니까!"

"네네."

아리아가 키득키득 웃으며 이해하는 척했다.

"……그러는 너는 어떤데?"

세리아가 입술을 내밀고 옛 친구의 연애사정을 물었다.

"공교롭게도 일이 바빠 연애할 시간이 없네요."

"일하면서 여러 남자와 알고 지낼 기회는 있지 않았어?"

"있기는 하지만, 좋은 인연은 없었어요. 남자를 만나려고 일하는 것도 아니고."

실제로 많은 남자가 치근덕댔지만, 아리아의 철벽은 튼튼했고 온갖 플러팅을 빈말로 쳐냈다.

"여전하구나. 일만하다가 좋은 사람 놓쳐도 모른다?"

"제가 할 말이네요."

"으······."

세리아가 지적했지만, 긁어 부스럼만 만들었다. 아리아의 대답은 그녀의 마검처럼 예리했다.

"좋은 나이이니 후회하지 않게 신경 쓰죠."

"······그래."

세리아는 홀로 툭 중얼거리듯 동의하고 말았다.

【 제 3 장 】❖ 질투

리오가 리제롯테와 이야기를 끝낸 무렵, 코제트에게 객실 안내를 받은 히로아키는 플로라와 로아나를 자기 방으로 불러 무료함을 달랬다.

주로 로아나가 말을 꺼내면 히로아키가 떠들었고 로아나가 허풍을 치듯 질문하면 히로아키가 이야기를 펼치는 것이 정해진 패턴이었다. 쿵짝이 잘 맞는다는 것은 바로 이런 것이었고 로아나는 대화 상대의 기분이 좋아지도록 리액션도 해주니 히로아키에게는 참 든든한 대화 상대였다.

"내 퍼스널 스페이스는 넓은 줄 알았는데 모르겠구만."

히로아키가 좁은 3인용 소파에 앉아 말했다. 양옆에는 플로라와 로아나가 앉아있고 그 뒤로 두 팔을 펼쳤다.

평소에는 따로 앉거나 3인용 소파여도 둘이 널찍이 앉고 한 명은 다른 자리에 앉는데 요새 객실에 지나지 않는 이 방에는 세간살이가 이 소파뿐이었다.

"앉아."

히로아키가 제일 먼저 소파 가운데에 앉고 플로라와 로아나를 불러 앉혀 셋이 나란히 앉게 됐다.

"퍼스널 스페이스요?"

히로아키의 말에 로아나가 고개를 갸웃거리며 물었다.

"아, 남이 들어오면 불쾌해지는 거리를 말하는 거야. 친

할수록 가까워지고 남일수록 멀어지지. 지금 여기에 모르는 아저씨가 앉았다면 싫겠지?"

"확실히 그건 사양하고 싶네요. 지금은 싫지 않아요."

로아나가 히로아키에 어깨를 기대었다. 한편, 플로라는 히로아키와 몸이 닿지 않게 거리를 뒀다.

"난 텅 빈 가게에 내 뒤에 들어온 사람이 일부러 내 시야에 들어오는 자리에 앉아도 짜증 날 정도로 퍼스널 스페이스가 넓었어. 지금은 싫지 않네."

히로아키가 웃으며 로아나의 어깨를 끌어안았다.

"아이참, 그건 남자라서 그런 거 아니고요?"

로아나가 귀엽게 토라진 얼굴로 물었다.

"아니. 여자라서 싫은 패턴도 왕왕 있다고? 다른 자리가 비었는데 일부러 근처에 앉으면 특히나. 난 조용히 먹고 싶은데 수준 떨어지는 이야기를 떠들거나."

"……그래서요?"

의역하면 '지금 저와 밀착한 건 싫지 않아요?'라는 말이었다.

"글쎄?"

히로아키는 다 알면서 물끄러미 쳐다보는 로아나의 시선을 짓궂은 미소로 넘겼다. 그러자 기분 탓인지 로아나가 좀 더 밀착하는 게 느껴졌다.

"좁긴 하지만, 가끔 이런 것도 괜찮지?"

히로아키가 득의양양하게 웃으며 물었다.

"저는 언제든 상관없어요."

로아나가 살짝 토라진 것처럼 대답했다.

"핫핫핫!"

히로아키가 무척 즐겁게 웃었다.

"그래도 피곤해서 속이 꼬였을 때는 내 마음을 알아주는 사람과 있어야겠지. 얼굴만 괜찮고 분위기 파악 못 하는 여자와 있어 봤자 짜증만 나."

그가 한숨을 내쉬고 말했다. 크리스티나를 제외하고 지금 이곳에 없는 소녀들이 떠올랐다. 용사인 자신과 적극적으로 얽히려고 하지 않는 점이 마음에 들지 않았다. 생각하니 또 짜증이 났다.

"저는 분위기 파악하는 여자인가요?"

로아나가 히로아키에게 물었다.

"아니."

히로아키는 고개를 저었다.

"얼굴도 예쁘고 분위기도 파악할 줄 아는 참 예쁜 여자야."

그리고 덧붙였다.

"아이참."

로아나가 쑥스러운지 뺨을 붉혔다.

"그런데 플로라는 왜 그래? 아까부터 한마디도 안 하고."

히로아키가 로아나의 반응에 만족했는지 대화에 참여하지 않는 플로라를 보며 물었다.

"……네? 아, 아뇨……."

갑작스러워서 말이 나오지 않았다. 싱숭생숭하다고 해야 하나, 정신이 다른 곳에 가 있었다.

"……."

히로아키는 한탄하듯 한숨을 내쉬었다.

"저기, 언니와 하루토 님 생각을 하느라……. 뭐 하고 있을지 궁금해서요."

플로라가 곧이곧대로 어물어물 대답했다.

"글쎄. 크리스티나는 유그노 공작과 한창 대화 중이겠지. 그런데 그 녀석 이름은 왜 나와?"

하루토의 이름이 나오자 히로아키가 노골적으로 얼굴을 찌푸렸다. 또 그 녀석이냐는 듯이.

"여행 중에 많은 일이 있지 않았을까 싶어서요."

"크리스티나와 그 녀석 사이에?"

"그런 건 아니지만, 세리아 선생님도 계셨고……."

플로라는 말꼬리를 흐렸다.

"흐음……."

세리아의 이름까지 나오자 히로아키는 내 알 바냐는 듯이 성의 없게 맞장구쳤다. 그러나 속에서는 불만이 솟구쳤다.

"그 녀석이 쓰러뜨린 왕의 검이라는 녀석이 그렇게 대단해? 엄청나게 수선들 떨던데."

그래서인지 알프레드의 실력을 의심했다.

"……에마르 경은 벨트람 왕국 최강자로 왕에게 인정받은 인물입니다. 강력한 빛으로 공격하는 마검을 다루고 전투력은 일기당천이라는 표현도 과소평가라는 말이 나올 정도로 실력은 정평이 났습니다.”

히로아키가 기대한 내용과는 다르다는 것을 알았는지 로아나가 어렵게 말했다.

“그렇다기에는 루이 녀석과 둘이 달려들어서 풋내기에게 당했잖아. 루이 놈도 참. 그렇게 지면 용사의 이름에 먹칠을 하는 거라고.”

히로아키가 얼굴을 찌푸리며 투덜거렸다.

‘그리고 왕의 검의 강력한 빛 공격? 신장을 전력으로 쓰는 게 더 강할걸? 그런데 대련이긴 해도 사츠키 녀석도 졌고 타카히사라는 놈도 그 녀석에게 물먹었어. 용사와 거의 같은 시기에 나타나서 용사보다 눈에 띄질 않나, 이대로 갔다가는 용사보다 그 녀석이 칭송받겠군. 이름도 우리 쪽 이름을 쓰고.’

무슨 방법 없을까. 최근 하루토의 활약에 위기를 느껴 그런 생각을 했다.

‘으음. 그 주인공 체질인 녀석의 평을 떨어뜨릴 수 없을까? 예를 들면, 창피를 준다든가.’

그래서인지 퉁명스러운 얼굴로 팔짱을 끼고 생각에 잠겼다. 한편, 로아나는 분위기를 파악하고 히로아키가 말하기만 기다렸고 플로라는 불편해하며 침묵했다.

‘누가 그 녀석에게 패배를 안겨주면 간단한데. 왕국 최강 자라는 왕의 검도 진 걸 보면 근접 전투로 그 녀석을 이길

사람은 레스토라시온에도 없겠어.'

이놈이고 저놈이고 한심하다고 할까, 이름만 대단하고 알맹이는 변변찮다고 할까, 뭔가 이거다 싶은 사람이 없었다.

짜증 나지만 하루토 아마카와라는 남자의 실력은 진짜였다. 히로아키도 하루토가 싸우는 모습을 가까이에서 본 적이 있는데 확실히 눈이 커질 만큼 전투능력이 뛰어나긴 했다. 인정하고 싶지 않지만, 하루토라는 남자는 강했다. 하지만……

'……잠깐만. 일부러 그놈에게 유리하게 근접해서 싸울 필요 없잖아? 거리를 유지하며 일방적으로 공격할 수만 있다면…….'

묘안이 떠오른 듯 히로아키의 표정이 밝아졌다.

'그래, 녀석에게 맞춰 싸우는 것부터가 난센스야. 루이 놈도 활쟁이 주제에 일부러 접근해 싸운 모양이고. 아니, 루이 그놈은 그것 때문에 진 거야. 신장이 활이니까 유리한 위치에 붙어서 원거리로 화력을 퍼부었으면 이겼을 것을.'

루이의 패인을 분석하고 히로아키는 입가에 조소를 새겼다.

'자기 범위 내에 상대를 끌어들여 싸우는 게 승자의 궁극 전술. 함부로 쓰기 어려운 힘을 손에 넣는 바람에 신장의 힘을 시험할 기회도 없었는데 녀석이 상대라면 할 수 있지 않을까? 힘을 시험해보고 싶다는 말이라도 덧붙여서.'

하루토 아마카와라는 남자를 이기는 비전이 떠올랐다.

물론 대련 형식이라 진심으로 싸울 수는 없지만, 스트레스 해소에 좋아 보였다. 하루토가 대련을 받아들일지는 모르겠지만, 제안해볼 가치는 있었다.

'아아, 결국 내가 직접 나서야 하나.'

뛰어난 사람을 도태시킬 수 있는 것은 더 뛰어난 사람뿐.

"아, 생각난 게 있어. 하루토에게 가볼까."

히로아키는 당장 행동에 옮겼다.

◇ ◇ ◇

그 무렵, 리오는 리제롯테와 대화를 마치고 클로에에게 오늘 묵을 객실까지 안내받았다.

"이 객실을 이용해주세요. 방 열쇠입니다."

클로에가 방 앞에 멈춰 말하고 리오에게 방 열쇠를 건넸다.

"감사합니다, 클로에 씨. 그리고 보니 제 동료…… 저와 함께 온 여성분들은 어느 방에 계시죠?"

리오가 열쇠를 받고 사라 일행이 어디 있는지 물었다.

"일행분들은 저쪽 방으로 안내해드렸습니다."

클로에가 오른손을 들어 사라 일행이 있는 방을 가리켰다.

"알겠습니다. 그럼 이만."

"네."

리오는 클로에에게 감사를 표하고 사라 일행이 있는 방으로 갔다.

'……저 세 명과 무슨 관계일까?'

클로에는 문을 두드리는 리오의 뒷모습을 보며 생각했다. 어느새 문이 열리고 방에서 사라가 얼굴을 내밀었다.

"하루토 씨."

"기다리셨죠?"

"아닙니다. 자, 들어오세요."

이런저런 대화를 나누며 리오가 방으로 들어갔다. 클로에는 자리를 떴다.

"실례합니다."

리오가 방에 들어가서 말했다.

"기다렸어요."

"수고하셨습니다."

오피아와 아르마가 침대에 앉아 리오를 환영했다.

"어서 앉으세요."

"네."

리오가 사라의 말에 3인용 소파에 살짝 거리를 두고 앉았다.

"실은 **리오 씨**에게 할 말이 있어서요."

방에 아무도 없어서 그런지 사라가 리오를 본명으로 불렀다.

"뭔데요?"

"크리스티나 왕녀의 아군과 합류했으니 저희는 이제 바위 집으로 돌아갈 생각입니다. 인간족 왕후 귀족이라고 해야 하나, 정치에 깊게 관여하지 않는 편이 좋을 것 같아서요."

사라가 말을 꺼냈다.

"……확실히 그러는 편이 낫겠네요."

안 그래도 사라 일행의 외모는 눈길을 끌었고 이름도 모르는 마검사가 갑자기 세 명이나 나타나면 반드시 주목받을 것이다. 이대로 로다니아로 가면 높은 확률로 스카우트 될 것이었다.

"물론 계속 따라가고 싶기도 하지만……."

사라가 고심하며 말하자 오피아와 아르마의 표정도 어두워졌다.

"아니에요. 여러분이 지금까지 동행해주셔서 정말 큰 도움이 됐어요. 아망드에 도착하면 마도선으로 이동할 테니 이제 괜찮아요. 여러분은 미하루 씨와 라티파를 지켜주세요."

"네!"

사라 일행이 입을 모아 힘차게 대답했다.

"정말 감사했어요. 그리고 위험에 처하게 해서 죄송했습니다. 특히 오피아 씨는 다치기까지……."

리오가 얼굴에 그늘을 드리우고 사과했다.

"무슨 말씀이세요? 세리아 씨는 하루토 씨에게만 소중한 사람이 아니라고요. 저희에게도 소중한 사람입니다."

"네, 맞아요."

사라의 말에 아르마가 동의했다.

"다친 것도 다 나았고 별일 없었잖아요. 리오 씨와 함께 여행하고 바깥세상을 알게 돼서 기뻤어요. 걸어서 여행한 적은 처음이라 신선했고."

에헤헤, 오피아가 웃으며 말했다.

"막판에는 리오 씨에게 공주님처럼 안기기까지 했죠."

"그랬지……. 아니, 무슨 말을 하는 거야, 아르마."

오피아가 뺨을 살짝 붉히고 따졌다.

"이번 여행으로 많은 걸 배웠습니다. 특히 용병들과 싸운 거는 리오 씨에게 사람과 싸우는 방법을 배우지 않았다면 힘들었을 거예요."

두 사람의 대화에 한숨을 내쉰 사라가 마지막 전투를 떠올리며 말했다.

"네. 대인 전투 실전경험을 쌓은 덕이 컸어요."

"응. 인간족 중에도 강한 사람이 많다는 것도 알았고. 특히 내가 싸운 사람은 정말 강했어."

아르마와 오피아가 진지하게 말했다.

"왕의 검……이라는 사람 말입니까? 리오 씨와 싸우는 것을 보니 무기를 모체로 마술을 발동하는 척한다는 제한을 건 채로 싸웠다면 우리만으로는 이기지 못했겠죠."

사라도 심각한 얼굴로 분석했다.

"하지만 정령술을 자유자재로 써도 되는 조건이라면 승부가 달라질 거예요. 정말 위험해졌을 때는 망설임 없이 정령술을 쓰며 싸우세요. 이번 오피아 씨와 세리아처럼 여러분 중 누군가가 싸우다 다치는 모습은 보고 싶지 않아요."

리오가 불안한 얼굴로 세 사람에게 부탁하듯이 호소했다. 도착한 순간, 샤를 앞에 쓰러진 오피아와 세리아를 봤을 때는 제정신이 아니었다. 사라 일행은 마을 밖으로 나가는 조건으로 종족과 정령술에 관해 가능한 한 숨겨야 했지만, 목숨을 걸어서까지 지켜야 하는 것은 아니었다. 적어도 리오는 그렇게 생각했다.

"……감사합니다."

사라 일행이 서로 시선을 주고받고 기쁜 듯, 그리고 조금 쑥스러워하며 감사를 표했다. 리오의 진심 어린 걱정이 전해졌기 때문이었다.

"고마워하실 것까진 없는데……."

리오가 난처한지 쓴웃음 지었다.

"다친 저와 세리아 씨를 위해 화내줘서 기뻤어요."

오피아가 눈을 감고 다 나은 배에 손을 대고 말했다.

"……당연한 일이었어요."

리오가 민망해하며 말했다. 화가 나서 폭력적으로 변한 모습은 되도록 보이고 싶지 않았다. 평소에는 이성으로 꾸며낸 자신의 인간성이 탄로 나는 것 같아서. 옛날에 루리와 사요에게 겁을 주고 말았다.

"평소의 리오 씨를 생각하면 상상이 안 되는 모습이었지만, 멋졌어요."

오피아가 리오의 얼굴을 보며 수줍게 말했다.

"……놀리지 마세요."

리오의 눈이 살짝 커지나 싶더니 고개를 푹 숙였다. 쑥스러운지 입가가 살짝 이완됐다.

"오피아 언니 말이 맞아요. 옛날에 와이번이 마을을 습격했을 때 라티파를 지키기 위해 싸운 리오 씨가 생각났어요."

아르마가 웃으며 동의했다.

"그런 일도 있었죠."

사라가 당시를 곱씹었다.

"되게 오래전 일 같아."

"벌써 3, 4년 전 일이니까요."

오피아와 아르마가 그리운 눈빛으로 돌아보았다.

"……."

그래서인지 분위기가 조금 숙연해졌다.

"그러고 보니 리제롯테 씨와 어떤 대화를 나눴습니까?"

사라가 화제를 바꾸며 물었다.

"한 달 뒤의 일이요. 리제롯테 씨의 집에 사츠키 씨를 초대해 식사 모임을 열기로 했는데 미하루 씨와 저 외에도 여러분과 세리아, 라티파와 아이시아도 초대하고 싶어서요."

리오가 어떻게 할 건지 물었다.

"참가하고 싶긴, 한데……."

"조금 전에 인간족의 왕후 귀족과 정치에 너무 엮이지 않기로 했습니다."

제법 끌리는 눈치였다. 로다니아에 가는 것과 리제롯테가 여는 개인적인 식사 모임에 출석하는 것은 정치에 엮이는 것과 큰 차이가 있지만, 정도의 차이는 있어도 숨 돌릴 새도 없이 모순된 행동을 하자니 석연치 않을 터였다. 시간이 지나면 의견이 달라질 수도 있겠지만…….

"어떻게 할까요?"

아르마가 사라와 오피아에게 물었다.

"……이번에는 참죠. 식사 모임에 참가하는 정도는 괜찮겠지만, 너무 쉽게 예외를 두면 계속 예외가 생길 겁니다."

고지식한 사라가 단장의 마음으로 결단을 내렸다.

"아쉽지만 그렇지."

오피아도 동의했다.

"어쩔 수 없죠."

아르마가 어깨를 으쓱했다.

"이번에는 참는 대신 다음 기회가 있다면 꼭 참가하고 싶습니다!"

사라가 권유를 사양하고 부탁했다.

"그러면 의미가 없지 않아요?"

아르마가 웃으며 사라에게 말했다.

"괜찮습니다. 이번 모임에 빠지는 걸 못 참는 게 문제지 한 번 참으면 그 다음은 참은 것에 대한 보상이 되니까요."

사라가 휙 고개를 돌리고 말했다.

"그렇지."

오피아가 웃으며 동의했다.

"아, 라티파가 참가하는 건 괜찮습니다. 어차피 바위 집

에 돌아가면 치사하다고 토라졌을 테니. 리제롯테 씨와의 식사 모임은 그 아이에게 좋은 사회공부가 될 테니까요."

사라가 문득 생각났는지 라티파 이야기를 꺼냈다.

"알겠습니다. 라티파도 기뻐할 거예요. 여러분의 의견은 제가 리제롯테 씨에게 잘 말해놓겠습니다."

리오가 부드러운 표정으로 고개를 끄덕이고 말했다.

그때, 누가 문을 두드렸다.

"누가…… 문 두드렸죠?"

일동의 시선이 문에 집중됐다.

"세리아 씨일까요?

사라가 일어나 문으로 걸어갔다.

달칵, 문을 열자…….

"안녕!"

그곳에는 플로라와 로아나를 데리고 온 히로아키가 서 있었다.

"용사님과 플로라 님, 로아나 님까지……."

리오가 놀라서 눈을 크게 뜨고 급히 일어나 세 사람에게 인사했다.

"……안녕하세요."

사라도 히로아키와 눈이 마주치자 꾸벅 인사했다.

"……쉬는 중에 미안. 이 아가씨가 네가 여기 있다고 해서."

히로아키가 방을 둘러보고 흥, 코웃음 치듯 말했다. 양 옆에는 기분 탓인지 조마조마해 보이는 플로라와 불편해

보이는 로아나가 있었다. 그리고 뒤에는 안내를 부탁받았는지 클로에가 무료하게 서 있었다.

"무슨 일이십니까?"

리오가 물었다.

"네 실력을 믿고 부탁할 게 있어서."

"그 말씀은?"

"나와 모의전을 치러보자."

"……이유를 여쭤도 되겠습니까?"

리오는 너무나 갑작스러운 대련 신청을 받고 당황했다. 쉽게 승낙해도 될지 몰라서 이유를 물었다.

"용사의 신장의 힘은 너도 전설을 들어서 알겠지만, 실제로 신장을 풀파워로 써볼 기회가 없어서 말이야. 뭐, 어지간한 핵무기…… 대량학살이 가능한 마법 같은 거야. 자칫하면 지형이 바뀌거나 2차 피해가 발생할지도 몰라. 피해가 규모가 어떨지 모르니 어쩔 수 없지만, 어느 정도는 힘을 끌어내 싸우는 훈련을 해야 여차할 때 힘을 제어하지 못하는 상황은 피할 수 있겠지?"

히로아키가 탄식하듯 한숨을 내쉬고 논술했다.

"네, 뭐……."

틀린 말은 아니지만, 갑작스러웠다. 리오는 의도를 파악하지 못하고 어정쩡하게 맞장구쳤다.

"하지만 내가 신장 능력을 발동해서 싸우면 아무리 모의전이라고 해도 필부는 상대가 못 돼. 내가 죽일 생각이 없어도 상대는 공격도 못 피하고 죽을 우려도 있고. 정말 강한 전사가 필요해. 그래서 루이와 왕의 검을 이긴 너라면 혹시 모르겠다 싶더라고. 콕 찍어서 미안한데 도와주지 않겠어?"

히로아키는 거기까지 말하고 리오의 반응을 살폈다.

"저기, 어려운 부탁을 드려 죄송합니다. 아직 언니에게도 말하지 않았으니 거절하셔도 괜찮습니다."

조마조마한 얼굴로 히로아키의 말을 듣던 플로라가 안절부절못하며 대화에 끼었다.

"뭐?"

히로아키의 입에서 무심코 말이 튀어나왔다. 소심해서 평소에는 한마디도 못 하면서 쓸데없이……

왜 이번에는 대담한 행동을 하는가. 이 남자가 상대라서? 그렇게 생각하자 속이 시끄러워졌다.

'아하. 이 사람의 돌발행동이란 거군.'

안 그래도 크리스티나가 이 자리에 없어서 묘하긴 했지만, 리오는 그 말을 듣고 순식간에 상황을 파악했다.

"저를 그렇게까지 좋게 봐주시다니 영광입니다. 다만, 히로아키 님의 신장의 힘을 발휘하려면 장소와 시간을 선정해야 할 테니 제 마음대로 가볍게 받아들일 수는 없습니다. 크리스티나 님이 허락하시면 기꺼이 받아들이겠습니다."

리오가 생긋 웃으며 조건부로 승낙했다. 거절해서 감정이 상할까 봐 대충 얼버무린 변명이 아니었다. 리오는 조건만 갖춰지면 싸워도 상관없었다.

'나중에 용사와 싸울 수도 있어. 루이 씨는 힘을 조절하며 싸우는 경향이 있지. 신장의 힘은 더 자세히 알고 싶어.'

이렇게 생각하기 때문이었다. 스스로 카드를 보여주겠다고 하니 이 기회를 잡는 것도 나쁘지 않았다. 꼭 이겨도 되지 않으니까 지금까지 대외적으로 내보인 카드로 싸우면 이쪽의 새로운 카드를 보여줄 일도 없었다. 져도 상관없었다.

히로아키는 지금 이 자리에서 이야기가 성립하지 않아 불만인지 얼굴을 살짝 찌푸렸지만, 더 물고 늘어지면 도가 지나치다는 걸 아는지 입을 다물었다.

"감사합니다. 크리스티나 님께 여쭤보겠습니다."

그래서인지 로아나가 예를 갖추고 즉시 이야기를 정리했다. 크리스티나에게 알리지도 않고 이런 일을 결정해서는 안 된다고 생각했는지 괜히 안심하는 것처럼 보였다.

"부탁드립니다."

리오가 공손히 고개를 숙이며 이야기의 막이 내렸다.

그리고 그날 밤.

리오는 크리스티나에게 직접 대화하고 싶다는 부름을 받았다. 지정된 응접실로 들어가자 자신을 불러낸 크리스티나와 플로라가 있어서 리오는 살짝 당황했다. 그 외에는 아무도 없었다.

'……나란히 앉은 두 사람과 마주 보니 기분이 묘한걸.'

왕립학원 시절을 포함해 처음 겪는 일이었다. 부른 이유는 십중팔구 히로아키와의 모의전 때문일 테지만, 과거와 이 두 사람과 재회한 뒤에 일어난 일이 맞물려 리오는 괜히 불편해졌다.

"오셨군요. 밤늦게 오시게 해서 죄송합니다. 자, 앉으세요."

크리스티나가 정중하게 착석을 권했다. 리오는 인사하고 자리에 앉았다.

"실례하겠습니다."

"용사님과의 모의전 때문에 불렀습니다. 플로라도 듣고 싶다고 해서 불렀는데 괜찮을까요?"

크리스티나가 용무를 밝히고 동생을 동석시켜도 되냐고 물었다.

"네, 물론입니다."

"그러면 바로 본론으로 들어가죠. 정말 용사님과 모의전을 치러도 괜찮습니까?"

"네. 전하가 허락해주신다면 괜찮습니다."

크리스티나가 떠보자 리오는 의젓하게 고개를 끄덕였다.

"……용사님과 사이가 틀어지거나 그분의 기분이 상할까 봐 수락했다면 그냥 거절하셔도 됩니다. 마음이 상하지 않도록 제가 처리하겠습니다."

리오와 히로아키 사이에 합의가 됐기 때문에 크리스티나가 섣불리 불허하기 어려운 면이 있었다. 그러나 리오가 거절하고 싶다면 이야기가 달랐다.

"용사님의 심기를 거스르지 않으려고 그런 건 아닙니다. 오히려 전하의 심기가 궁금합니다. 저와 히로아키 님이 모의전을 치르는 게 불편하시다면 싸우지 않을 테니 말씀해 주세요."

리오는 웃음을 머금고 대답하고 크리스티나를 응시했다.

"……저는 아마카와 경에게 폐가 될까 봐, 그것이 가장 큰 걱정입니다. 만약 그렇다면 차마 드릴 말씀이 없습니다."

"여러 번 부탁하시면 곤란하겠지만, 별로 신경 쓰지 않습니다."

타이밍은 좀 맞춰줬으면 좋겠지만, 리오가 말하지 않아도 크리스티나는 알 터였다. 그것을 알기에 미안해했다.

"다른 걱정은 무엇입니까?"

가장 큰 걱정이 있다면 다른 걱정도 있다는 말이었다.

"……이건 걱정이라기보다는 요망입니다. 아마카와 경. 용사님과, 사카타 님과 싸워서 이길 수 있겠습니까?"

크리스티나가 아주 진지한 얼굴로 리오에게 물었다.

"그건 싸워봐야 알겠습니다만……."

리오는 아직 신장의 저력을 몰랐다. 사츠키, 타카히사와 싸울 때는 신장 능력을 봉인하고 근접해서 싸운다는 제약이 있었고 루이와 싸웠을 때도 살상이 아닌 행동불능을 노린 공격만 했다. 무엇보다 루이가 망설이기도 했고 사수인데 리오에게 접근하는 악수도 됐다.

리오는 지금까지 용사들과 싸운 경험을 되짚었다. 그들이 일본에서 특수한 전투경험을 쌓지 않았을 경우, 근접전투능력만 따지면 용사는 그렇게 무서운 상대가 아니었다. 알프레드와 고우키, 아즈마와 같은 숙련자를 상대하는 게 더 무서웠다.

그러나 신장에 저력에 따라 쉽게 뒤집힐 평가였다. 자연재해급 공격을 어느 정도 거리를 두고 자유자재로 쓰면 성가실 터였다.

"모의전을 치르더라도 지는 편이 낫겠습니까?"

리오가 물었다. 능력을 쓸 수 있는 모의전에서 용사가 진심으로 싸웠는데 진다면 레스토라시온의 체면이 말이 아니었다. 그래서 리오는 처음부터 자기가 져도 괜찮다고 생각했다.

"아뇨, 반대입니다. 이길 수 있다면 아마카와 경이 이겨 줬으면 합니다."

크리스티나가 정반대되는 기대를 입에 담았다.

"네……?"

사전에 듣지 못했는지 옆에 앉은 플로라가 당황한 목소리를 흘렸다.

"……이유를 여쭤도 되겠습니까?"

리오는 진의를 확인하고자 했다.

"연회에서 처음 만났을 때도 느꼈습니다만, 이곳에서 다시 만나 대화할 기회를 얻고 확신했습니다. 용사님은 약간 거만한 경향이 있습니다."

크리스티나가 딱 잘라 말했다.

"……"

긍정하기도 부정하기도 어려워서 리오는 침묵을 관찰하며 그녀가 말하길 기다렸다.

"상황이 어떻든 자기가 최우선이 아니거나 자기 생각대로 풀리지 않으면 노골적으로 기분 나빠합니다. 그것도 주위에서 알 정도로. 유그노 공작의 방침인 모양이지만, 제가 로다니아로 오기 전까지는 무엇이든 받아준 모양입니다. 물론 조직을 위해 그랬다면 그 방침이 완전히 잘못됐다고 단언할 수는 없습니다만……"

크리스티나가 고심하며 말했다.

"모든 일에는 정도가 있습니다. 왕녀인 저든, 국왕이든, 용사든, 예외는 없습니다. 무엇보다 이대로 두면 용사님에게, 나아가서는 우리에게 좋지 않습니다. 그렇기에 그 자존심을 무너뜨려야 한다고 생각합니다."

크리스티나가 속마음을 밝혔다. 아무리 왕후 귀족 높은 분이라 해도 신위의 체현자라고도 불리는 용사에게 세게 나가지 못하는 것은 어떻게 보면 당연한 일이었다.

그러나 그렇다고 우쭐해서 끝도 없이 거만한 것을 내버려 둬서는 안 됐다. 그렇게 생각해서 내린 결단이었다.

"그 역할을 저에게 부탁하고 싶다는 말씀입니까?"

"실력이 이도 저도 아닌 자에게 맡길 수 없고 믿을 수 없는 자에게도 부탁할 수 없습니다. 이 이야기는 이곳에 있는 우리 셋 외에는 아무도 모릅니다. 제가 은밀히 결정하고 지금 이 자리에서 처음으로 말하는 겁니다."

그 말은 즉……

'유그노 공작과 로아나 씨와도 상의하지 않았다는 건가. 아니, 로아나 씨는 몰라도 유그노 공작과는 상의하지 못하겠군. 방침이 대립하니까.'

레스토라시온과 합류하자마자 손을 썼다. 제법 손이 빠르다고 해야 하나, 그러니까 플로라도 이곳에서 처음 듣고 놀란 거겠지.

"지금 저는 아마카와 경 말고는 부탁할 수 있는 사람이 없습니다. 이쪽 책임이 큰데 외부인인 아마카와 경에게 이런 부탁을 하는 게 뻔뻔하다는 거 압니다. 하지만 용사님과 모의전을 치러도 괜찮다면 이 일도 받아주시지 않겠습니까?"

크리스티나가 허리 굽혀 리오에게 부탁했다.

"……승리를 목표로 모의전에 임하는 것은 상관없습니다. 하지만 단순히 이기기만 해서 전하가 원하시는 목적을 달성할 수 있을지는 모르겠습니다."

즉, 히로아키의 자존심을 무너뜨린다.

"네. 그러니 진심으로 싸우는 용사님에게 실력 차이를

알려주며 이겼으면 좋겠습니다."

크리스티나가 이상적인 승리 비전을 그렸다. 즉, 쉽게 이겨도 안 되고 고전해서도 안 됐다. 요는 정면으로 맞붙어 굴복시키기.

"참 어려운 부탁을 하시네요."

리오는 자기도 모르게 쓴웃음 지었다.

"죄송합니다. 아마카와 경이 승리해 기분 상할 일을 맹세코 일어나지 않게 하겠습니다. 호위와 별개로 이 일의 보답도 반드시…… 물론 어렵다면 거절하셔도 되지만, 부탁드립니다."

크리스티나가 골몰하듯 고개를 숙였다.

"……알겠습니다."

"감사합니다."

"고개 드세요."

리오가 서둘러 크리스티나를 말렸다.

'왜 그런지 이 사람이 머리를 숙이면 불편해.'

첫인상이 그러했고 왕립학원 시절에 사이가 그랬던 만큼 지금의 크리스티나에게서 위화감이 사라지지 않았다.

"시간과 장소는 어떻게 할까요?"

리오가 화제를 바꾸기 위해 물었다.

"이번 모의전은 은밀히 진행하고 싶으니 갑자기 죄송하지만, 내일 아망드로 가는 길에 인가가 없는 곳에서 하겠습니다. 딱 좋은 곳을 안다고 해서 레이디 리제롯테가 안내하기로 했습니다."

로다니아로 귀환한 뒤에 치르면 레스토라시온 소속 귀족들의 주목이 쏠릴 테니 보기 안 좋았다. 그래서 리제롯테에게 의뢰했을 것이다. 마침 리제롯테도 신장의 힘을 보고 싶지 않았을까?

"알겠습니다. 그거면 됐습니다."

리오와 히로아키의 모의전이 정식으로 결정됐다.

"실례하겠습니다."

리오가 그 말을 남기고 나가자 방에는 크리스티나와 플로라만 남았다.

"드디어 우리끼리 이야기할 시간이 왔구나."

크리스티나가 먼저 말문을 열었다. 유그노 공작과 대화를 마치고 히로아키의 모의전 소동이 귀에 들어와 그 일을 조정하느라 바빴고 저녁 시간에도 히로아키와 로아나가 있어서 둘만 있을 시간이 없었다.

"네."

플로라가 옆에 앉은 언니의 얼굴을 살짝 엿봤다. 그러자 크리스티나가 방향을 바꿔 앉아 플로라를 물끄러미 보았다.

"너도 나한테 할 말이 있니? 아마카와 경 일로."

"네?"

크리스티나의 갑작스러운 물음에 플로라가 움찔했다.

"우리가 요새에 도착해 이야기할 때 아마카와 경을 은근히 신경 썼고 내가 아마카와 경과 할 이야기가 있다고 하니 이렇게 따라왔잖아. 아마카와 경에게 할 말이 있는 줄 알았는데 이야기는 안 하고. 그래서 그에 관해 나에게 할 말이 있는 줄 알았는데 아니야?"

"신경 쓰다뇨……."

다 알고 묻는 것 같아 플로라는 민망해서 말끝을 흐렸다.

"너 약혼했다면서."

크리스티나가 갑자기 말을 꺼냈다. 언뜻 보면 표정 변화가 없었지만 아무렇지 않은 척하는 것처럼 보이기도 했다.

"들으셨어요?"

"그래. 유그노 공작에게……."

축하한다는 말은 나오지 않았다.

"저는, 결혼이 아직 실감이 안 나서……."

플로라는 고개를 숙였다. 아직 열다섯 살밖에 안 된 아이였다. 그럴 만도 했다.

"약혼자가 있으면서 약혼자가 아닌 이성에게 관심 가지면 안 돼. 용사님의 방자함이 눈에 차지 않는 건 별개로 치고 지금 그가 불쾌해하는 데는 네게도 원인이 있어."

크리스티나가 지적했다.

"죄, 죄송해요."

플로라가 놀라서 사과했다.

"내일부터 고치면 돼."

"……네."

크리스티나가 매정하게 말하자 플로라가 풀 죽어 대답했다. 동생의 이런 표정을 보려던 것은 아니었다. 이런 말을 하고 싶지도 않았다. 그러나 이렇게 말할 수밖에 없었다.

"……그래서 아마카와 경의 뭐가 신경 쓰이니? 신경 쓰이는 게 있으면 말해봐. 들어줄 테니까."

크리스티나가 자신의 부족함을 한심하게 여기며 조금 부드러워진 말투로 플로라에게 말했다. 히로아키와 결혼할 날만 기다리는 지금, 플로라에게 미련이 남으면 레스토라시온의 미래에도 좋지 않았다.

"저는…… 그러니까 딱히……."

플로라가 무슨 말을 하려고 고개를 들었지만, 다시 숙이고 말을 삼켰다.

"그렇게 안 보이는데."

크리스티나가 모호한 미소를 지으며 말했다. 짐작은 갔다. 하지만 확실하지 않은데 자신이 밝힐 수는 없었다.

"……언니, 크레이아에서 여기까지 어떻게 오셨어요?"

잠시 뒤, 플로라가 입을 열고 물었다.

"어떻게? 직접 걷거나 남에게 안겨서 달렸어."

"하루토 님이 안아줬나요?"

플로라의 관심이 커졌다.

"아니. 나를 안아준 사람은 사라 씨, 은발 소녀야. 아마카와 경은 나와 동행한 소년 둘을 안았어."

크리스티나가 어이없는 듯 웃으며 말했다.

"그래요……? 그러면 하루토 님은 어떤 분이던가요?"

또 당돌하고 막연한 질문이 나왔다. 심지어 하루토에 관한 질문이었다.

"……대단한 사람이지."

왜 그런 걸 묻냐는 짓궂은 대답은 하지 못했다. 그래서 대신 모호하게 대답했다.

"대단……. 네, 대단한 사람이에요."

이유는 몰라도 플로라가 기쁜 표정을 지었다.

"응."

크리스티나는 어렴풋이 깨달았다.

'이 아이도, 아는구나. 아는데 나와 같은 이유로…….'

플로라는 하루토의 정체를 직접 언급하지 않고 크리스티나가 그의 정체를 알지 않을까 싶어 그녀를 떠봤다.

'곤란한 아이구나, 정말…….'

크리스티나는 괴로워하며, 동시에 그녀를 사랑스럽게 여기며 생각했다.

이래서는 모르는 사람이 없겠다. 적어도 하루토에게 어떤 마음이 있다는 것은 쉽게 알아차릴 수 있었다. 히로아키도 그것이 마음에 들지 않았을 것이다.

"너는 그를 어떻게 생각하니?"

"네? 어떻게, 요?"

크리스티나가 묻자 플로라가 이상하게 여기며 고개를 갸웃거렸다.

"너에게 그는 어떤 사람이냐는 말이야."

크리스티나가 더 직설적으로 물었다.

"어떤 사람이냐면…… 은인이에요."

플로라가 자기 마음을 마주하듯 생각에 잠긴 뒤, 짧게 대답했다.

"은인을 위해 뭔가 하고 싶어?"

"……네. 보답, 은 아닐지도 모르지만요."

"은인을 위해 뭘 할 수 있니?"

"아무것도…… 못해요."

플로라가 어깨를 떨구고 창피해하며 대답했다.

"그러면 아무것도 안 해도 돼."

크리스티나가 시원하게 말했다.

"네……?"

플로라는 당황했다.

"은인이라고 생각하는 사람에게 아무것도 해줄 수 없다면 억지로 무언가를 해주지 않아도 돼. 초조해하지 마. 억지로 뭘 하느라 은인을 난처하게 하고 싶지는 않잖아?"

"……네."

"그래도 은인에게 아무것도 못 해줘서 힘들다면 내게 말해. 앞으로는 내가 네 곁에 있을 테니까 힘든 일 다 털어놔."

크리스티나가 조심스럽게 손을 들어 플로라의 어깨를

두드렸다. 플로라는 고독했다. 왕녀라서 누구와도 상의하지 못하고 레스토라시온이라는 조직에서 계속 고독했다. 그것을 느끼고 말하고 싶었다. 너는 고독하지 않다고 전하고 싶었다.

"……그래도 되나요?"

플로라가 크리스티나의 표정을 살피며 물었다.

"응. 내가 왜 왔다고 생각해?"

"그건, 나라를 위해……."

플로라가 자신 없이 대답했다.

"왕녀로서는 그래. 하지만 그 때문만은 아니야. 네 부담을 줄이고 친언니로서 너를 지키기 위해 온 거야. 못 미더울 수도 있겠지만."

"그, 그렇지 않아요. 언니는 대단해요."

갑자기 플로라가 덧없이 웃는 크리스티나를 끌어안았다.

"……그래?"

동생을 다정하게 마주 안은 크리스티나의 입가가 부드럽게 이완됐다.

"네. 저를…… 아니, 주변 사람들에 관해서도 다 아는 것 같고."

플로라가 어리광부리듯 안겨서 언니를 칭찬했다.

"너에 관해서는 친언니니까. 다른 사람까지 다 알지는 않아. 단지 사람은 이럴 때 이런 감정을 느낀다는 걸 많은 사람을 관찰하고 학습해서 예상할 뿐이야."

크리스티나가 플로라의 머리를 쓰다듬으며 아주 잠깐 괴로운 표정을 지었다. 그야말로 신물이 날 정도로 왕후 귀족들의 더러운 대화를 보고 들었다. 그래서 아는 것 같을 뿐이었다. 사실은 아무것도 몰랐다.

알았다면 이렇게 쫓기지 않았다. 더 요령있게 행동했을 것이다.

"……오늘 언니랑 같이 자도 되나요?"

플로라가 물어보고 더 세게 끌어안았다.

"어리광쟁이구나."

크리스티나는 부드럽게 동생의 등을 쓰다듬었다.

그 무렵, 리오는 사라와 세리아 일행이 묵는 방에 들렀다.

"실례합니다."

"어서 와. 어땠어? 무슨 이야기 했어?"

예고하고 안에 들어가자 세리아가 제일 먼저 불안해하며 물었다.

"내일 대련 때문이었어요. 걱정할 만한 일은 없었으니까 안심하세요."

리오가 온화하게 대답했다.

"그래……. 그런데 정말 괜찮아? 네 힘을 의심하는 건 아닌데 사카타라는 용사님은 신장의 힘을 쓰잖아. 리오가 싸웠던 시게쿠라 님처럼."

그래도 세리아는 걱정되는 모양이었다.

"뭐, 모의전이니까요."

리오가 얼버무렸다. 히로아키가 용사에 걸맞은 규모의 현상을 조종해 공격하리라 예상했다. 그러지 않더라도 리오는 히로아키가 신장의 힘을 쓰도록 모의전에 임할 생각이었다.

"……다치지 마."

"네."

"다치고 쓰러진 널 보고 싶지 않아."

세리아가 오피아를 보고 말했다. 알프레드, 샤를과 싸우고 다쳐서 쓰러진 모습이 떠오른 모양이었다.

"그건 저도 마찬가지예요."

세리아와 오피아가 쓰러진 모습은 두 번 다시 보고 싶지 않았다. 물론 사라 일행도. 리오는 힘차게 고개를 끄덕였다.

"안녕."

그때, 방에 갑자기 빛 입자가 모이고 아이시아가 나타났다.

"아, 아이시아……."

세리아 일행이 놀랐다.

"……역시 근처에 있었구나."

리오만 편안한 미소를 짓고 말했다.

"응. 요새와 조금 떨어진 곳에 바위 집을 설치했어. 미하루와 라티파는 거기 있어. 국경 근처에서 전투가 있었던 모양인데 괜찮아?"

아이시아가 미하루와 라티파의 상황을 보고하고 세리아 일행을 둘러보며 안부를 물었다.

"많은 일이 있었는데……."

세리아가 사라 일행을 보았다.

"보시다시피 아무렇지 않아요."

오피아가 귀엽게 주먹을 쥐며 말했다.

"다행이야."

아이시아의 얼굴이 살짝…… 부드러워진 것처럼 보인 건 기분 탓이겠지?

"혹시 몰라서 물어보는 건데 국경 근처에 군대가 남아있었어?"

리오가 물었다.

"아니. 가까운 성채도시로 돌아간 것 같아."

"그렇다니 다행이야."

루이가 약속을 지켰다.

"모두 무사해서 다행이야. 미하루와 라티파도 걱정했어."

아이시아가 방문한 이유를 말했다.

"보시다시피 모두 건강하니 미하루와 라티파에게 걱정하지 말라고 전해주십시오."

사라가 귀엽게 알통을 만들어 보이며 건강함을 어필했다.

"그리고 내일은 마도선을 타고 아망드로 이동해서 하룻밤 묵고 또 마도선으로 로다니아로 가기로 했어. 사라 씨,

오피아 씨, 아르마 씨는 인간족 왕후 귀족과 얽히지 않는 편이 낫다고 아망드부터 갈라져서 바위 집으로 돌아가기로 했다고 전해줄래?"

리오도 추가로 전언을 부탁했다.

"알았어. 셋이 바위 집으로 돌아온다면 아망드부터 로다니아까지 내가 대신 갈까? 영체화해서 세리아 호위로."

아이시아가 제안했다.

"그래 주면 고맙지."

"그럼 갈게."

아망드에 도착한 뒤에는 아이시아가 동행하기로 했다.

〖 제 4 장 〗 ✳ 야마타노오로치

　다음 날 오전. 생활용수로 쓰는 요새 옆 호수에 착수한 마도선을 타고 아망드로 향했다.

　아망드로 가는 사이, 히로아키와 모의전을 치르기로 했다. 무대로 선택된 곳은 아망드로 가는 길에 있는 전망 좋은 평야였다. 리제롯테가 아는 숲 앞에 있는 호수에 착수했다.

　이 주변은 가르아크 왕국이 침략당하면 전장이 될 것으로 예상하는 땅 중 한 곳이었다. 숲 앞쪽으로는 호수 외에 다른 수자원이 없었다. 호수를 차지하고 농성하며 적의 물이 고갈되기를 기다리는 장소였다.

　그래서 호숫가에 작은 성채도시가 세워졌다. 일행은 그곳에 마도선을 정박시킨 뒤, 일부만 도시 밖으로 나갔다.

　"이 주변이 괜찮겠는데?"

　길을 벗어나 도시가 보이지 않는 곳에서 히로아키가 제안했다. 드디어 리오와 히로아키가 대련할 시간이 다가왔다.

　세리아, 사라, 오피아, 아르마, 리제롯테, 그리고 시녀들. 크리스티나와 플로라, 호위 바네사와 로아나, 유그노 공작. 관중은 열 명 남짓. 코우타와 레이는 레스토라시온 소속이 아니라서 대기하기로 했다.

　그들이 충분히 거리를 두고 전투 양상을 볼 수 있는 곳

까지 물러나자 리오와 히로아키가 마주 섰다. 모의전 심판
은 중립적 제삼자인 리제롯테의 부하 아리아가 맡았다.

"규칙은 이렇습니다만, 질문 있으십니까?"

아리아가 필요한 규칙을 설명하고 두 사람에게 물었다.

규칙을 간단하게 설명하면 승리조건은 심판인 아리아가
승패가 결정됐다고 볼만한 상황을 만드는 것. 금지사항은
상대를 죽이면 안 된다는 것뿐. 모의전 규칙치고는 꽤나
위험했지만, 신장의 힘을 써보고 싶어 하는 히로아키의 요
청을 리오가 그대로 받아들여 성립했다.

"저는 없습니다."

리오가 말했다.

"아, 질문이라기보다 제안할 게 있는데 '나는 상대를 이
길 수 없다. 내 패배다'라고 인정했을 때는 안전지대까지
도망쳐도 된다는 규칙을 추가하는 게 어때? 패배조건을
추가하는 거야."

히로아키가 규칙 추가를 신청했다.

"……추가해도 되겠습니까?"

아리아가 입가에 손을 대고 고민하더니 대전 상대인 리
오에게 물었다.

"괜찮아요."

리오는 가볍게 승낙했다.

"……아, 왜 이런 조건을 준비했냐면 내 공격을 보고 네
가 겁먹었을 때 거리낌 없이 패배를 선택할 수 있게 하려

고. 무섭거든 시작하자마자 도망쳐도 돼. 창피한 게 아니니까."

히로아키가 규칙을 추가한 의도를 자세히 설명했다. 이것은 자신이 아닌 너를 위한 규칙이라고.

"배려해주셔서 감사합니다."

리오는 공손히 고개를 숙였다.

'……쳇, 태연한 척하긴. 아냐, 됐다. 관중은 적지만 이번에는 양보다 질이야. 시작하자마자 일격으로 겁줘서 이녀석의 한심한 꼴을 보여주겠어.'

전의가 타오르는지 히로아키가 사납게 웃었다.

"규칙을 확인을 마쳤으니 이제 시작하겠습니다. 모의전이 끝나면 아망드로 이동해야 해서."

"그래."

아리아의 말에 히로아키가 만족스럽게 고개를 끄덕였다.

"그러면 필요한 만큼 거리를 벌리고 멈추십시오. 준비됐다고 판단하면 제가 상공으로 공격 마법을 쏠 테니 그것을 신호로 모의전을 시작하겠습니다."

"네." "알았어."

리오와 히로아키가 모의전을 시작하기 위해 자리를 떠났다.

'사냥꾼과 사냥감의 싸움이 될 것 같군요. 전투 규모가 커질 것 같은데…….'

아리아가 멀어지는 두 사람의 뒷모습을 번갈아 보며 생

각했다. 그리고 전투에 휘말리지 않도록 허리춤에 찬 마검 자루를 잡아 신체 강화를 걸고 두 사람이 잘 보이는 위치로 피했다.

머지않아 리오가 멈추고 히로아키가 좀 더 거리를 두고 멈췄다. 두 사람의 거리는 1백 미터 정도. 리오는 허리에 찬 검을, 히로아키는 신장인 칼을 실체화시켰다.

'아마카와 경이 접근하는 걸 경계하는군요. 검사로서의 기량이 초보자보다는 조금 괜찮은 정도이니 그럴 만도 합니다. 규칙을 추가하며 한 말을 고려하면 시작과 동시에 원거리에서 공격할 겁니다. 그걸 알고도 거리를 벌릴 수밖에 없는 아마카와 경을 동정하지 않을 수 없군요…….'

아리아는 두 사람이 멈춘 위치와 조금 전의 대화로 거기까지 분석했지만, 심판이니 중립을 지켜야 했다. 그녀는 자신을 훈계하고 상공을 향해 손을 뻗었다.

그 모습을 보고 히로아키는 칼을 쥔 손에 힘을 실었다. 반면 리오는 편한 자세를 유지했다.

"'매직 캐논'."

아리아가 주문을 외웠다. 상공을 향한 아리아의 손끝에 몇 미터는 되는 거대한 마방진이 떠올랐다. 여기서부터 마법 발동까지 걸리는 시간은 개인의 기량과 마법 난이도로 좌우되는데 중급 마법인 매직 캐논은 5초 이내에 발동하면 빠른 축이었다. 그런데 아리아는 3초도 안 되어 마법을 발동했다.

마방진의 빛이 압축되듯 손끝에 모이고 강력한 마력 포격이 하늘로 발사됐다.

드디어 모의전이 시작됐다.

"이때를 기다렸다! 시작과 동시에 도망치게 해주마! 이 야마타노오로치로!"

히로아키가 시작하자마자 외치며 신장을 든 팔을 높게 쳐들었다. 칼끝에서 엄청난 양의 물이 뿜어져 나왔다. 물은 그대로 상공으로 떠올라 다섯 개의 물줄기로 갈라졌다. 순식간에 일어난 현상의 규모는 상급마법을 능가했다. 모든 물줄기가 용의 머리를 달고 있었다.

"……갑자기 엄청난 규모의 마술을 발동하는군."

상상한 규모를 초월한 공격에 관전하던 크리스티나가 괴로워하며 혼잣말했다.

'쳇…… 다섯 개밖에 안 나오다니.'

히로아키는 상공에 떠올라 갈라진 물줄기 수를 보고 불만스러운 표정을 지었다. 히로아키가 신장에 이름을 지을 때 참고한 것은 야마타노오로치. 머리 여덟 개를 가진 물의 신이었다.

따라서 원래는 여덟 개의 물줄기를 만들어 조종할 생각이었다. 그런데 다섯 개뿐. 유래를 아는 사람이 이곳에 있었으면 큰 창피를 당했을 테니 불만스러울 만했다.

'뭐, 위력은 충분하겠지. 조종할 수도 있고. 괜찮아.'

물줄기가 비상하는 속도도 생각하면 다섯 개 중 하나의

위력만 봐도 중급 공격 마법을 능가했다. 신체 강화를 했더라도 제대로 맞으면 큰 부상을 피할 수 없는 위력인데…….

'아니, 이걸 보고도 안 도망쳐……? 맞으면 위험할 텐데. 상황 파악하고 도망치라고.'

자기 자리에서 미동도 하지 않는 리오를 보고 히로아키는 얼굴을 찌푸렸다.

'뭐, 이 공격을 보고 도망치지 않은 건 괜찮다는 뜻이겠지. 검은 기사님이다 이건가? 아니면 멍청이거나……. 알게 뭐야.'

한순간 일부러 엉뚱한 방향으로 공격할까 했지만, 리오가 그걸 노릴 수도 있고 제어 능력이 부족해 보이면 짜증이 날 것 같았다. 히로아키는 리오가 있는 지점을 노려 다섯 개의 물줄기를 충돌시키기로 했다.

"……저, 저기, 하루토 님이 안 도망치시는데요? 괜찮을까요?"

거리를 두고 보던 플로라는 리오가 걱정돼 전전긍긍하며 사라 일행에게 물었다. 크리스티나와 로아나, 리제롯테와 코제트, 나탈리, 클로에의 시선이 사라 일행을 향했다.

"괜찮습니다. 하루토 씨는 저 정도 공격에 당하지 않습니다."

사라가 아무 의심 없이 단언했다.

"그런데 저 정도 규모의 현상을 한순간에 일으키다니……."

아르마가 놀라서 말했다. 노골적인 시선과 언행에 좋은

인상은 못 받았지만, 입만 산 건 아닌 모양이었다.

"훌륭하긴 합니다. 하지만…….."

"현상 제어가 어설퍼. 물줄기 다섯 개가 똑같이 움직이잖아."

"네."

정령술로 예를 들면 정령술사의 기량과 일으킨 현상의 규모가 맞지 않는 느낌이었다. 다섯 개를 만들어서 제어력이 떨어지면 확실하게 제어할 수 있는 만큼만 현상을 일으켜야 했다. 사라와 오피아가 히로아키의 공격을 정확하게 분석했다. 그러는 사이, 히로아키가 날린 다섯 개의 물줄기가 리오가 있는 지점으로 낙하했다.

"……?!"

플로라는 자기도 모르게 눈을 감았다. 로아나도 못 참고 눈을 돌렸다. 다른 사람들은 착탄지점을 응시했다. 리오가 있는 지점에 홍수처럼 물이 쏟아져 시야를 차단했다.

"승패가 정해졌군요."

그때, 사라가 말했다.

"어, 어서 하루토 님을 도와야……!"

"아니요. 하루토 씨가 이겼습니다. 저기를 보세요."

플로라가 놀라서 달려가려고 하자 사라가 히로아키 근처를 가리키며 말렸다.

"앗?!"

그곳에 리오가 검을 들고 질주하고 있었다. 속도는 나름

줄였지만, 그래도 1백 미터를 몇 초도 안 돼 돌파하며 히로아키와 거리를 좁히고 당장에라도 공격하려는 순간이었다.

"뭐, 야?!"

히로아키가 뒤늦게 반응했지만, 신장에 깃든 강력한 신체 강화로 간신히 리오의 공격을 막았다.

"대규모 현상을 제어할 때는 시야가 좁아지기 쉽죠. 방심해서 발을 멈추고 경계를 게을리한 것은 누가 봐도 악수였습니다."

자신은 상대의 위치를 모르는데 상대는 자신의 위치를 아는 것과 같다며 리오가 일부러 히로아키에게 조언했다.

"너, 너! 무슨 속셈이야?! 대전 상대를 돕다니!"

이 자식이 나를 얕봐? 히로아키는 화가 나 있는 힘껏 칼을 휘둘렀다. 리오는 그 힘을 이용해 가볍게 뒷걸음질 쳤다.

"신경 쓰여서 무심코. 그리고 이번에는 모의전이지만, 실전에도 전투 중에 정보수집과 상대의 동요를 노려 도발과 흥정을 합니다. 거기에 쉽게 흔들리면 상대가 원하는 대로 해주는 거죠. 지금의 히로아키 님처럼……."

"이, 자식……!"

히로아키는 모의전 전에 근접전투로는 리오에게 이길 수 없다고 생각한 것도 잊고 울컥해서 리오에게 돌진했다. 리오가 원한 대로였다.

리오는 히로아키의 공격을 간파하고 뒤로 도망치듯이 검으로 막았다. 히로아키는 중심을 잃고 헛발을 짚었다.

"큭!"

히로아키는 급히 몸을 빼려고 했다. 그 순간, 리오는 앞으로 파고들어 기가 죽은 히로아키를 뒤로 밀어붙였다.

"으악?! 으아아!"

히로아키는 균형을 잃고 바닥에 섰다.

리오라면 그 틈에 접근해 히로아키의 목에 검을 겨눌 수 있었지만, 그 자리에 멈춰서서 일부러 공격하지 않았다.

신장의 능력을 알아내는 것이 이 전투의 첫 번째 목표였고 너무 쉽게 이기면 크리스티나의 부탁을 들어줄 수 없었다.

히로아키의 자존심을 무너뜨린다. 졌을 때 도망칠 수 있는 길을 만들어 주는 전투로는 히로아키의 자존심을 무너뜨릴 수 없었다.

"너…… 내가 우습냐?"

이마에 푸른 혈관이 튀어나온 히로아키가 리오에게 물었다.

"아뇨. 마음껏 신장의 힘을 발휘할 기회를 원하셨는데 이대로 끝내도 되나 싶어서……."

리오가 멀뚱멀뚱 쳐다보며 대답했다. 고작 이 정도냐고.

"네 녀석 평소에는 저자세면서 싸울 때는 거만하기 짝이 없네, 야! 그게 네 본성이냐?! 어?!"

히로아키가 화가 나 고함을 내질렀다.

"애초에 전투는 인간의 가장 거만한 행동 중 하나입니다."

힘으로라도 자기 말을 듣게 하고 싶어서, 달성하고 싶은 목표 때문에, 양보할 수 없는 무언가를 위해 싸운다.

그런 행동이 거만하지 않을 리 없고 전장에 서서 상대와 싸우려는 자가 거만하지 않을 리 없었다. 싸우는 상대에게 저자세로 목숨을 갖다 바칠 사람이 있다면 애초에 싸움은 벌어지지 않을 테니까.

"헛소리나 해재끼는 놈이!"

히로아키가 다시 리오에게 돌진했다. 칼을 낮게 들고 땅을 기듯이 리오에게 접근해 있는 힘껏 벴다. 그러나 히로아키의 칼은 리오의 검으로 가볍게 튕겨 나갔다. 묵직한 쇳소리가 울려 퍼졌다.

"으랴아아!"

히로아키는 겁먹지 않았다. 칼을 든 손에 힘을 실어 있는 힘껏 휘두르기 시작했다. 눈에 담을 수 없는 속도로 겹겹의 공격이 리오에게 날아들었다.

그러나 리오는 히로아키의 공격을 모조리 간파하고 검을 휘둘러 담담하게 공격을 쳐냈다. 쇠가 부딪히는 소리가 짤막하게 이어졌다.

"……굉장해."

리제롯테가 중얼거렸다. 강한 줄은 알았지만, 히로아키가 계속 당했다.

'그런데 왜 저렇게 봐주지? 너무 쉽게 결판내면 용사 체면이 안 서니까 일부러 저러나? 신장의 힘을 발휘하고 싶다는 요청을 성실하게 따르는데 용사가 너무 약해서 곤란

한가……? 너무 지연되면 화낼 텐데. 아니, 이미 충분히 화났어.'

만약 봐주기 시합 연출이라면 참 성실하다 싶었다. 히로아키가 화가 나 리오에게 덤비는 게 보였지만, 거리가 멀어서 대화 내용은 들리지 않았다.

'그러고 보니 어제 크리스티나 왕녀가 응접실을 빌려 하루토 님을 만났지. 그때 뭘 부탁했는지도 몰라. 그렇다면 유그노 공작은 얽히지 않았겠군.'

리제롯테는 리오가 크리스티나의 부탁을 받고 저렇게 싸우는 것일지도 모른다는 가능성을 검토했다. 곁눈질로 크리스티나와 유그노 공작의 표정을 살펴봤지만, 별다른 표정 변화 없이 전투를 지켜봤다.

'뭐, 둘 다 생각을 얼굴에 드러내는 성격은 아니지.'

리제롯테는 생각을 정리하고 리오와 히로아키 쪽으로 의식을 돌렸다.

"아아아악!"

히로아키가 과감하게 칼을 휘둘렀지만, 수많은 공격은 일격도 리오에게 닿지 않았다.

리오는 한곳에 머물며 응전했다. 마치 벽이라도 있는 것처럼 검으로 결계를 쌓아 히로아키의 칼의 침입을 막았다.

'빨라. 그런데 그것뿐이네.'

리오는 담담하게 히로아키의 검술 실력을 평가했다. 아마추어로서는 가뜩이나 다루기 어려운 대검을 있는 힘껏 휘둘러댈 뿐. 속도는 훌륭하지만, 기술이 부족했다. 스스로 처리할 수 없는 신체 능력을 손에 넣은 전사의 전형적인 사례였다.

'일단 화는 충분히 난 것 같고…….'

신장의 저력은 아직 보지 못했다. 지금 쓰러뜨려도 히로아키의 자존심은 무너지지 않을 것이었다. 리오는 대련을 어떻게 끝낼지 생각했다.

"……걱정돼서 봐주는 거라면 전 괜찮습니다."

리오가 히로아키에게 말했다.

"……!"

히로아키의 얼굴이 굴욕으로 일그러졌다. 리오가 거리를 두고 멈추자 미소 아래로 분노를 내뿜으며 말했다.

"아…… 더했다가는 조절이 안 될 것 같아서. 근접해서 범위공격을 하면 아무리 너라도 피하지 못할 줄 알았거든. 이게 내 한계라고 생각했다면 유감인데."

"저는 평소에 쓸 수 없는 힘을 끌어내 싸우는 훈련을 하고 싶다는 히로아키 님의 요청에 응하고자 이 모의전을 받아들였습니다. 이 정도는 문제없으니 힘을 발휘하세요."

정중하지만, 히로아키에게는 불손하기 그지없는 말투였다.

"……후회하지 마라?"

히로아키가 미간을 움찔거렸다.

'온 힘을 다 해주지…….'

칼에 주입하는 마력의 양을 늘렸다. 원리는 모르지만,

이렇게 하면 신장이 힘을 발휘한다는 것을 본능적으로 알았다. 히로아키가 든 칼이 눈부시게 빛나기 시작했다.

'……이거 대단한데. 아까보다 신체 강화가 강해졌잖아?'

조금 전에 발동한 신체 강화도 진심으로 한 것이었지만, 아직 신장의 저력이 발휘되지 않았다는 확신이 들었다. 괜히 자신감도 솟구쳤다.

'……범위공격을 하기 전에 시험해볼까.'

히로아키는 강해진 자신의 힘을 확인해보기로 했다.

"하앗!"

그는 곧장 기합을 넣으며 리오에게 돌진했다. 아까보다 훨씬 빨랐다.

"건방진 게!"

리오는 히로아키의 칼을 어렵지 않게 막았다. 얼굴을 찌푸린 히로아키와는 대조적으로.

"……신체 강화를 더 강화하다니, 역시 대단하군요."

리오는 태연하게 히로아키를 칭찬했다.

"그러면 쉽게 막는 넌 뭔데? 어?!"

히로아키는 리오의 칭찬을 순수하게 받아들이지 않았다. 리오에게 거칠게 따졌다.

"외람되지만, 히로아키 님은 신체 능력에 의지해 싸우는 것처럼 보입니다. 그래서는 안 됩니다. 어떻게 움직일지 쉽게 들켜요."

리오는 히로아키에게 부족한 점을 시사했다. 참고로 리

오는 정령술로 신체를 더 강화하지 않았다. 히로아키가 빨라진들 기술 차이가 메워지지는 않기 때문이었다. 일부러 더 강화하지 않아도 히로아키를 다루기는 간단했다.

"뭐?! 내 검술이 틀려먹었다는 거야?!"

히로아키가 따지다시피 물었다.

"아뇨, 히로아키 님의 그것은 검술이 아닙니다. 안 그래도 다루기 어려운 장검을 힘으로 휘두르는 것을 무기를 다룬다고 착각했을 뿐입니다. 누구한테 검을 배운 적 없죠?"

"시끄러워!"

정곡을 찔렸는지 히로아키가 화를 냈다. 하지만 리오가 가볍게 칼을 흘리는 바람에 엉뚱한 공간을 허무하게 가르고 끝났다.

히로아키는 화가 나 더 요란하게 검을 휘둘렀다. 히로아키의 분노는 관중의 눈에도 보였고 그 이유가 리오에게 놀아나서라는 것 또한 일목요연했다.

"통하지 않는 공격만 고집하면 움직임이 단조로워져서 반격당합니다. 이길 수 있는 다른 요소를 찾아 승부를 거세요. 범위공격은 어떨까요?"

리오가 조언했다. 이제는 모의전이 아니라 학습이 됐다.

"시끄러워!"

히로아키는 리오의 조언을 따른 건지 무의식인지 칼을 휘둘러 강력한 물 속성 공격을 쐈다. 물이 리오 주위를 집어삼켰으나 정작 리오는 도약해 가볍게 공격을 피했다.

"……드디어 피했군?"

히로아키는 리오가 공격을 피해서 기뻤는지 착지한 리오를 향해 씩 웃었다.

"드디어 피해야 하는 공격을 하셨네요."

"지껄이지 마!"

리오의 도발에 히로아키는 달려나갔다. 이번에는 정면으로 덤벼들지 않고 중앙에서 물을 쏴 리오를 공격했다.

'여전히 공격이 단조로워서 술술 읽히는 걸…….'

일격, 일격의 위력을 보면 제법 성가셨다. 리오는 히로아키 주위를 가볍게 돌아다니며 물 공격을 피했다.

"쳇, 촐랑대기는!"

히로아키의 공격이 격렬해졌지만, 그래도 리오에게는 닿지 않았다.

"……히로아키 님의 움직임이 좋아진 것 같은데 기분 탓인가?"

말없이 관전하던 유그노 공작이 처음으로 입을 뗐다.

"좋아졌네요. 하루토 씨가 싸우면서 훈련시키는 모양입니다."

사라가 짧게 대답했다.

"왜 아마카와 경이 그런 짓을?"

유그노 공작이 의아한 표정을 지었다. 리오가 진심으로 싸우면 접근한 시점에 이미 승부가 났을 것이라고 알아챘는지도 모르겠다.

"……그것까지는. 용사……님이 신장의 힘을 발휘하고 싶다고 하셔서 그런 것 아니겠습니까?"

정령의 주민인 사라가 용사를 신봉할 리는 없지만, 다른 사람 앞에서는 히로아키를 경칭으로 불렀다.

'뭐, 용사와 신장의 힘을 확인하고 싶어서겠죠. 크리스티나 왕녀가 부탁하지 않았을까요? 세리아 씨를 위해……. 그건 그렇고 신장의 힘이란…….'

사라는 마음속으로 덧붙이고 히로아키가 든 신장을 물끄러미 응시했다.

"……용사님을 강하게 해준다면 감사한 일이지."

크리스티나가 대화에 참여했다.

"네……."

유그노 공작이 애매하게 맞장구쳤다.

'누구 실력이 위인지는 안 봐도 뻔해. 이제 준비가 갖춰졌군.'

이제 히로아키는 져도 빠져나갈 수 없었다. 그런 생각이 들 정도로 필사적으로 싸우는 게 보였다. 크리스티나는 눈을 가늘게 뜨고 전투를 지켜보기로 했다.

'이 녀석, 진짜 괴물 아니야……?'

한편, 히로아키는 아까부터 한 번도 공격에 성공하지 못하고 리오의 저력이 보이지 않아 초조해졌다. 이대로 가다간 자신의 패배였다. 그렇게 큰소리를 쳤는데.

'질 수 없어. 더, 더. 광범위 공격을 더 해야 해. 대형 기

술인 야마타노오로치를 또 쓸까? 지금이라면 아까보다 수룡을 많이 만들 수 있어. 일단 거리를 벌리고…….'

히로아키는 초조한 표정을 지으며 뒤로 크게 도약해 리오와 거리를 뒀다.

"할 수 있어, 할 수 있어!"

크게 외쳐 자기 자신을 격려했다. 기분이 고양됐다. 처음 발동한 야마타노오로치보다 강력한 공격을 쓸 수 있다고 확신한 히로아키의 입가에 사나운 미소가 새겨졌다.

'……몰아넣을수록 조금씩 마력 출력이 상승하고 있어. 신장이 용사의 능력을 끌어내는건가?'

알아차린 사람은 히로아키와 리오, 그리고 사라 일행 정도일 것이다.

대체 얼마나 강해질까? 리오는 신장의 끝을 알 수 없는 저력을 느꼈다. 이보다 전투 규모가 커지면 리오도 큰 기술을 써야 할지도 모르고, 피해가 커질 수밖에 없었다.

'……때가 됐군.'

히로아키의 이번 공격을 막아내고 승리한다.

아니, 이겨야 한다.

"핫, 간다! 죽지나 말라고!"

히로아키가 외치자 칼날에서 일곱 개의 물줄기, 아니, 수룡이 하늘 높이 떠올랐다. 수는 물론 크기도 아까보다 조금 컸다.

'역시 강해졌어. 그것도 가속적으로.'

리오가 그렇게 생각하자마자 히로아키가 칼을 내리쳤다. 그에 맞춰 상공에 떠오른 수룡이 일제히 리오를 덮쳤다.

'움직임은 별반 다르지 않은데…….'

속도가 빨라졌다. 리오는 상공에서 달려드는 일곱 개의 수룡을 올려다보고 지상에 있는 히로아키에게 시선을 돌렸다.

'본인은 허점투성이야. 출력이 올라서 강해지긴 했지만, 뒤죽박죽이네……. 아니, 함정일 수도 있나?'

처음처럼 단번에 승패를 가르려고 했지만, 허점이 이렇게 많으니 함정일지도 모른다는 의심이 들었다.

'야마타노오로치라면 용은 여덟 마리여야 하는데. 꼬리도 여덟 개던가?'

근거는 이것이었다. 히로아키의 기량이 미숙해서 꺼내지 못했을 가능성도 있지만, 현재 발동한 현상의 규모가 규모인 만큼 방심할 수 없었다.

정령술사 중에는 발동한 현상을 원격으로 조종하는 술사가 있었다. 원격조종형 정령술의 약점은 술사가 움직이지 어렵다는 점인데, 기량이 미숙하면 조종하느라 바빠 걷지도 못했다. 그러나 숙련된 술사는 아무렇지 않게 돌아다니고 보험으로 다른 기술을 숨겨두기도 했다.

히로아키는 정령술사는 아니지만, 신장이 조종하는 현상은 정령술과 별반 다르지 않았다. 정령술사를 상대하듯이 싸우는 게 좋겠다고 판단했다.

그러자 용머리를 단 수룡 하나가 리오를 집어삼키려고 낙하했다. 리오는 아슬아슬하게 물러나 재빠르게 그 자리를 벗어났다.

이어서 낙하한 다른 수룡도 조금 전까지 리오가 선 위치로 떨어지며 지면에 돌격했고 요란한 소리와 함께 물보라를 일으켰다.

"핫, 피했군. 하지만 이게 끝이 아니라고! 보여주마, 용사만이 설 수 있는 스테이지의 힘을! 5천 병사를 후퇴시킨 정도로 소란스럽긴. 그 정도는 나도 할 수 있어! 그래, 이 용사의 힘을 보이면!"

히로아키가 득의양양하게 외쳤다. 강해져서 그런지 갑자기 물 만난 고기처럼 기세등등해졌다. 땅에 충돌해 흩어진 수룡 두 마리도 다시 용의 모습을 갖췄다.

이런 현상을 일으킬 수 있으면 규모로 밀어붙여 군대를 압도할 수 있었다.

'귀찮은 사람이야.'

자존심이 무너지기는 커녕 더 세졌다. 매번 뭔가에 심사가 뒤틀려서 미움을 사지만, 의외로 두드릴수록 단단해지는 성격인가?

그렇다면 리오도 봐주지 않고 공격할 뿐.

"하하하! 그렇게 높이 뛰어도 되겠어? 내 오로치에 먹힐지도 모른다고?"

히로아키가 지상에서 칼을 든 채 수룡 두 마리를 조종해 높이 몇 미터는 도약한 리오를 노렸다. 리오는 그제야 처음으로 마검을 통해 신체 강화 정령술을 발동해 바람의 정령술로 강제로 속도를 끌어올렸다.

쿵. 리오가 끌려가듯 지면에 착지하자 히로아키가 조종한 수룡 두 마리가 그가 있던 곳을 뚫고 지나갔다.

"뭣……."

히로아키의 눈이 커지든 말든 리오는 승부를 결정짓기 위해 달렸다.

"놀랄 줄 알았냐?! 이건 어떠냐!"

히로아키가 외치자 허공을 공격했던 용이 방향을 바꿨다. 힐끗 돌아본 리오는 신경 쓰지 않고 돌진했다. 거리가 제법 있었다.

뒤에서 용이 울부짖는 소리가 들렸다. 그 직후, 용 머리의 입에서 발사된 물 레이저가 리오의 등을 노렸다.

"날려버려!"

히로아키가 외쳤지만, 리오는 등에 눈이 달린 것처럼 지그재그로 달려 피했다. 물 레이저가 리오를 공격하려고 지면을 따라 달렸지만, 리오는 쏟아지는 공격을 가볍게 피했다.

"뭐야……? 무슨 치타냐?!"

무슨 원리로 뒤에서 날아온 공격을 피했는지 감도 안 잡혀 히로아키가 자기도 모르게 소리 질렀다. 물론 방법이 있었다. 전류가 공기를 통과할 때 길을 만드는 선행방전과 비슷하게 리오는 대기 중에 떠도는 마나의 변화로 전조를 읽어냈다.

"……어떻게 피하는 거야, 저거?"

긴장한 표정으로 관전하던 세리아가 눈을 의심하게 만드는 리오의 몸놀림에 넋이 나간 얼굴로 물었다. 다른 사람들의 시선이 사라 일행에게 쏠렸다. 완전히 해설자로 자리 잡았다.

"저런 건 하루토 씨 정도는 되어야 가능합니다. 저라면 공격이 오는 줄 알아도 방향 전환에 쫓겼을 거예요."

사라가 반쯤 넋이 나가 말했다.

"그렇지."

리오 정도는 되어야 가능하다. 세리아에게는 엄청나게 설득력 있는 말이었다.

"마검의 힘은 최소한으로 하고 이기려는 걸까?"

오피아가 의문을 꺼냈다.

"그렇겠죠. 저 용사님은 엉성하게 싸우니까 하루토 씨는 피하면서 접근하면 돼요."

바로 지금처럼. 아르마가 대답했다.

"……그러면 이번 공격도 피해보시지! 잘못 건드리면 즉사한다?"

히로아키가 집어 삼켜주겠다며 자기 주위에 있던 수룡 세 마리를 리오를 향해 날렸다.

'역시 컨트롤이 조잡해. 이 정도 규모의 현상을 한 번에 일곱 개나 만들면 숙련된 정령술사라도 고생할 거야.'

리오는 히로아키가 날린 수룡 일곱 마리의 위치를 파악하며 생각했다. 히로아키 곁에 있는 수룡 세 마리 외에 리오 뒤에 네 마리 수룡이 있었다. 그중 두 마리는 주체가 안 되는지 공격할 조짐이 없었다. 주의해야 하는 것은 전방에서 접근하는 세 마리와 후방에서 물 레이저로 공격하는 두 마리. 옆으로 크게 우회하거나 하늘로 높이 도약해 피하거나.

리오는 전방에서 해일처럼 밀려오는 수룡을 향해 달려 나갔다.

"뛰어넘으려고?!"

수룡이 시야를 완전히 가로막기 전에 정면으로 달려드는 리오를 보고 히로아키가 외쳤다.

'얼굴을 내미는 순간 공격해주마!'

뛰어오를지도 모르는 리오를 경계하며 칼을 들었다.

그 직후, 리오가 수룡의 머리를 밟으며 나타났다. 리오는 히로아키가 쏜 물을 발판 삼아 질주했다. 눈이 마주친 순간.

"……! 내가 잘못 건드리면 즉사라고 말했지?!"

히로아키는 움찔하면서도 힘차게 칼을 휘둘렀다. 히로아키의 칼에서 물이 발사되는 대신 리오가 발판삼은 수룡이 크게 꿈틀거리더니 리오를 집어삼키려고 했다.

리오는 뛰어올라 몸을 틀고 폭풍을 휘감은 검을 휘둘러 발판으로 쓴 수룡을 힘차게 내리쳤다. 기다란 수룡은 버티지 못하고 몸이 동강 났다.

"으억?!"

그 순간, 돌풍이 몰아치며 엄청난 양의 물보라가 날아들었다. 히로아키는 물이 눈에 들어가지 않게 고개를 돌렸다. 그래도 살짝 눈에 들어가고 말았다. 그 한순간이 치명적인 허점이 됐다.

히로아키가 날린 수룡을 뛰어넘은 리오는 지면에 착지하자마자 히로아키에게 접근했다. 히로아키는 황급히 수룡을 조종해 리오의 접근을 방해하려고 했다.

'느려.'

이 정도 거리라면 칼을 들고 덤벼야 했다.

"젠장, 건방지게!"

히로아키는 거칠게 칼을 휘둘러 점이 아닌 면으로 공격했다. 칼끝에서 한 일 자로 물이 발사했다. 펑, 물이 터지는 소리가 났다.

"됐나?!"

시야가 명확하지 않은 상황에서 히로아키가 외쳤다. 다른 사람이 전투 중에 그런 말을 하면 '그런 말 해서 플래그 꽂지 마'라고 설교했겠지만, 이때만은 말하지 않을 수 없었다.

"……."

뒤에서 팔이 슥 뻗어 나와 히로아키의 목덜미에 칼을 댔다. 히로아키는 등골이 얼어붙을 듯한 한기를 느끼고 굳어버렸다. 물론 그 상대는…….

"대규모로 현상을 일으켜 공격하면 사각이 생기기 쉬우니 연속으로 써선 안 됩니다. 상대가 기술을 기억해 대처하고, 내 기술이 적에게 이용되기도 합니다."

리오였다. 히로아키의 귓가에 담담히 충고를 속삭였다.

"……마지막에 분 바람은, 네 짓이야?"

그렇다면 얼마나 전투에 익숙하단 말인가. 히로아키는 굴욕으로 점철된 얼굴로 이를 악물었다. 바람에 물보라가 날린 탓에 시야가 차단됐다.

이 상황은 아무리 생각해도 결정적인 패배의 순간이었다. 그러나 마음이 받아들이기를 거부했다. 영화 같은 데서 뒤에서 무기를 겨누는 장면이 나오면 본인은 여유롭게 대처할 수 있다고 늘 생각했건만, 현실은 무정했다.

리오가 자신을 죽이지 않는다는 걸 알지만, 아무리 발버둥 쳐도 상황이 뒤집힐 것 같지 않았다. 감정이 패배를 거부해도 몸이 패배를 받아들이고 말았다.

분노와 억울함이 솟구쳐 도통 이해가 되지 않았다. 마구 날뛰고 싶은데 목에 들이 밀어진 칼날이 허락하지 않았다.

"가지고 논 거냐?!"

그렇기에 대신 쏘아붙였다.

"……가지고 놀다뇨?"

리오가 말뜻을 몰라 고개를 갸웃거렸다.

"너처럼 전력으로 싸우지 않는 놈한테 하는 말이야! 이유도 없이 실력을 숨기고 봐주고! 처음부터 전력을 다해 싸워!"

히로아키는 리오를 매도하며 대답했다. 어린아이의 악
다구니 수준이었다.

"……상대가 어떤 카드를 가졌는지 모르고, 함정을 팠을
가능성도 있으니 처음에는 상황을 보며 카드를 보존하는
편이 현명하다고 생각하는데요."

리오가 당황해서 넌지시 말했다. 이유는 있었다. 물론
때와 장소에 따라 다르지만, 상대 전력도 파악하지 못한
상태에서 계획 없이 필요 이상의 실력을 보이며 싸우는 것
은 위험했다. 카드를 내보일수록 분석 당하고 대책이 세워
진다. 따라서 리오는 기본적으로 보여줘도 되는 카드로만
싸우려고 했다.

상대를 가지고 논다는 것은 처음부터 상대가 가진 카드
를 알고 이렇다 할 목적도 없이 봐줄 때가 아닐까?

리오의 이번 전투 목적은 혹여나 나중에 용사와 싸울 때
를 대비해 신장이라는 무기의 잠재력을 확인하는 것이었
다. 그러려면 히로아키가 진심으로 싸워야 했기 때문에 전
투를 오래 끈 것이었다.

'뭐, 가지고 논다는 말을 들어도 어쩔 수 없지.'

리오의 목적을 모르는 히로아키에게 그런 건 상관없는
일이었다. 리오는 딱히 반박하고 싶지 않았다. 이야기해봤
자 별수 없는 일이었다.

'슬슬 아리아 씨가 올 때가 됐는데…….'

리오는 세리아 일행이 관전하는 방향으로 시선을 옮겼다.

◇ ◇ ◇

한편, 십여 초 전.

"저, 저기. 용사님이 날린 수룡이 이리로 오는 것 같지 않아?"

세리아가 리오와 히로아키가 있는 방향을 가리키며 옆에 있는 사라 일행에게 물었다. 그녀가 가리킨 곳에 히로아키가 주체하지 못해 리오를 공격할 때 사용하지 않은 두 마리 용이 불안정하게 흔들거리며 세리아 일행이 있는 지점으로 날아드는 게 보였다. 이대로 있으면 그들 근처에 떨어질 수도 있었다.

"……패배의 충격으로 기술 제어를 잊어버린 모양이네요."

아르마가 어이없다는 얼굴로 말했다. 현상을 소홀하게 제어하는 것은 마을 아이들이 종종 저지르는 일이었다. 기술에 따라서는 몹시 위험할 수도 있기 때문에 정도의 차이는 있어도 혼나는 게 관례였다.

"오피아, 요격할 수 있습니까?"

사라가 옆에 서 있는 오피아에게 물었다.

"응."

오피아가 고개를 끄덕이고 활을 들어 앞으로 나갔다.

'우선 하나…….'

활에 마력을 실어 빛의 화살을 형성하고 목표를 조준했다.

'저건, 리오 씨……'

모의전 자리를 떠나 이쪽으로 달려오는 리오를 보았다. 리오도 활을 든 오피아를 발견했다.

'하나는 리오 씨에게 맡기자.'

오피아는 자기가 겨냥할 수룡을 결정했다.

◇ ◇ ◇

리오가 제어를 벗어난 수룡을 발견한 것은 조금 전의 일이었다.

"……히로아키 님, 지금 당장 지걸 조종해주세요."

리오가 제어를 벗어난 수룡을 가리키며 히로아키에게 말했다.

"……뭐?"

히로아키는 심통이 났는지, 리오의 말에 귀를 기울이기 싫은지 느릿느릿하게 대답했다. 그 순간, 리오는 히로아키에게 기대를 버렸다. 지금은 1초가 아까웠다. 히로아키에게 기대하느니 자기가 움직이기로 했다.

리오는 그 자리에 히로아키를 버려두고 싸울 때와 비교도 되지 않는 속도로 달렸다. 바람의 정령술을 발동해 최고 속도까지 단번에 올렸다.

그러다 활을 든 오피아가 수룡을 요격하려는 장면을 목

격했다. 눈도 마주쳤다. 시선과 활의 미묘한 각도로 오피아가 어느 수룡을 격파하려는지 파악하고 자신은 다른 쪽을 노렸다. 손에 든 검은 어느새 방대한 마력을 두르고 응축된 폭풍을 휘감았다.

그 직후, 오피아가 빛의 포격을 쐈다. 눈으로 추측하건대 모의전 개시 전에 아리아가 사용한 매직 캐논보다 훨씬 강했다. 세리아 일행의 눈에도 상급 마법급 위력이 실린 게 보일 정도였다.

리오도 급히 멈춰서 검에 감긴 마력 폭풍을 검 끝에 모으고 마력탄에 코팅하듯이 휘감아 쐈다.

그 순간, 빛의 포격과 바람의 포격이 공중에 교차했다. 히로아키가 어설프게 제어하는 바람에 폭주한 수룡이 요란하게 터지며 물보라가 되어 공중에 흩어졌다.

"······."

그 광경에 몹시 당황한 크리스티나와 리제롯테 일행과 자신이 제어를 소홀히 한 탓에 위험한 상황이 벌어진 것을 그제야 깨달은 히로아키.

"······하아."

리오는 가슴을 쓸어내렸다.

그렇게 히로아키와 치른 모의전이 막을 내렸다.

정령환상기

【 제 5 장 】 ❈ 로다니아로

모의전이 끝난 후. 리오 일행은 가까운 성채도시로 돌아가자마자 마도선에 올라 아망드로 향했다.

문제는 히로아키가 신장 제어를 깜빡하는 바람에 관전하던 사람들에게 피해가 생길 뻔했다는 점이었다. 그만한 규모의 현상을 일으키고 제어하지 못하다니 허술하기 그지없었다.

크리스티나가 오기 전이라면 유그노 공작이 리오 일행에게 감사를 표하고 어물쩍 넘어가면서 히로아키를 혼내지 않았겠지만, 이번에는 달랐다.

리오와 오피아가 힘을 합쳐 결과적으로 무사히 끝났지만, 크리스티나는 혼내야 할 때는 혼내야 한다며 넘어가지 않았다. 그리고 리오를 지나치게 공격한 점도 비난의 대상이 되었는데…….

"제가 원해서 부추기기도 했습니다."

리오가 한 말도 있어서 이 점은 혼내지 않기로 했다.

히로아키도 추태를 부렸다는 자각은 있는지 아망드로 가는 내내 마도선에서 크리스티나에게 혼이 났다.

그리고 아망드에 도착하자 드디어 샤를과 알프레드의 심문이 시작됐다.

심문은 리제롯테의 저택 응접실에서 실시됐다. 심문에

참여하는 사람은 크리스티나와 유그노 공작, 그리고 리오와 리제롯테, 아리아, 총 다섯 명.

원래는 크리스티나의 호위로 바네사도 동석해야 하지만, 오빠인 알프레드를 앞에 두고 냉정을 유지할지 불분명하다는 이유로 크리스티나가 자리를 피하도록 지시했다. 그 대신 리오와 아리아가 참가했다.

마봉의 족쇄로 마법을 봉인하고 신체를 구속한 샤를과 알프레드가 끌려왔다.

"심문 시간이다. 이쪽에서 질문 몇 가지를 하겠어."

크리스티나가 두 사람을 세워놓고 정면에 있는 소파에 앉아 말했다.

"……인제 와서 심문이라니 참으로 새삼스럽군요."

샤를이 수상쩍어하며 의문을 꺼냈다.

심문은 당연히 예상했다. 그러나 아망드로 가는 동안 심문할 시간이 여러 번 있었다.

그래서 심문이 늦어진 이유가 궁금한 모양이었다.

"……."

크리스티나는 정색하고 아무것도 대답하지 않았다.

"……그리고 외부인이 있습니다만?"

샤를이 크리스티나 옆에 앉은 리제롯테를 보고 리오와 아리아를 힐끗거린 뒤, 다른 의문을 꺼냈다. 자국 기밀이 새어나갈지도 모르는 심문을 이런 상황에서 할 생각이냐고.

"질문은 왕녀인 내가 해. 뭐, 좋아. 가르쳐주지. 첫 질문의 답은 네게 별다른 정보가 없을 것 같아서. 서둘러 심문할 필요성을 찾지 못했어."

"……뭐라고요?"

크리스티나가 비웃으며 대답하자 샤를이 얼굴을 찌푸렸다. 자존심에 상처가 났다. 한편, 옆에 선 알프레드는 표정 변화가 없었다.

"두 번째 질문의 답은 네가 국경 부근에 대규모 부대를 전개한 탓에 가르아크 왕국을 적잖이 자극했기 때문이야. 왕가가 국경 방어를 맡긴 크레티아 공작을 대신해 이곳에 있는 레이디 리제롯테는 알 권리가 있어. 그리고 내게는 가르아크 왕국에 이번 일을 설명할 책임이 있다. 당사자인데 당연히 동석해야지."

그런 것도 모르냐는 듯이 크리스티나가 설명했다.

"……."

샤를은 자신을 얕잡아 보는 것을 느끼고 분해서 이를 악물었다.

"질문을 시작하지."

"제가 대답할 것 같습니까?"

샤를이 도전적인 표정으로 크리스티나를 물고 늘어졌다.

"글쎄? 나는 질문만 해. 그 질문에 대답할지 말지는 네가 알아서 할 일 아니겠어? 아니면 아르보 공작이나 레이스의 지시가 없으면 그런 판단도 못 하나? 혹시 내가 대답하라고 명령해줬으면 해?"

크리스티나가 궁금하다는 듯이 고개를 갸웃거리며 샤를의 반항을 가볍게 받아쳤다.

"뭣……!"

예상하지 못한 대답이었는지 샤를은 말을 잃었다. 업신여김 당했다고 생각했는지 얼굴에 굴욕이 짙게 묻어났다.

"의문이 풀려서 만족했나?"

"거, 거짓말! 정말 그렇다면 심문할 리가 없어! 내게서 뽑아낼 정보가 있으니 심문하는 게 분명해!"

크리스티나가 생긋 웃자 샤를이 당황해서 반박했다.

"하아…… 말했을 텐데? 나는 네게 쓸만한 정보가 없다고 본다고. 이번 심문은 가르아크 왕국에 성의를 보이려는 거야. 레이디 리제롯테를 동석시켜 가르아크 왕국과 모든 정보를 공유할 의도를 보이고 믿음을 얻을 수 있어. 필요하면 가르아크 국왕 앞에서도 심문할 생각이야, 나는."

크게 한숨을 내쉰 크리스티나가 가소로움을 숨기지 않고 설명했다. 아니, 착각하게 했다. 나는 네게 정보원의 가치가 없다고 생각한다고…….

실제로 분쟁을 해결할 때, 당사자에게 심문할 기회가 주어지느냐 마느냐는 매우 중요한 일이었다.

"제 심문은, 형식일 뿐이라는 말씀입니까……? 본보기에 지나지 않는다……?"

샤를에게 이보다 큰 굴욕은 없었다.

"네가 유익한 정보를 하나라도 가지고 있다면 아니겠지.

네 태도에 달렸어. 네가 그 자랑스러운 벨트람 왕국의 귀족 일원이라는 판단이 선다면 불필요하게 창피 줄 생각 없어."

크리스티나는 기대하지 않는다는 듯이 어깨를 으쓱했지만, 샤를에게 구원이 될만한 말을 했다.

"……."

순간, 샤를의 표정에 짙게 드러난 굴욕의 불꽃이 살짝 흔들렸다. 자신은 얕잡아 보일 사람이 아니라고, 자존심에 상처가 났다. 자신의 태도 하나에 정상참작의 여지가 있을지도 모른다는 기대를 하고 말았다.

"심문을 시작한다."

"……어떤 정보를 원하십니까?"

샤를이 복잡한 표정으로 물었다.

"이번 일로 아르보 공작파와 프로키시아 제국의 관계가 탄탄하다는 것과 그 중개역할이 레이스라는 남자라는 것이 증명됐다. 이러한 사실을 전제로 한 일들도 저절로 증명되지. 이해했어?"

"……."

부정하지 못했다. 부정해도 믿을 것 같지 않았다. 샤를은 괴롭게 입술을 깨물었다.

"아르보 공작파가 지금까지 해온 일이 국가에 어떤 행위였는지, 지금은 굳이 따지지 않겠어. 우리가 알고 싶은 것은 아르보 공작파보다는 프로키시아 제국의 목적이야. 그리고 대사인 레이스가 무슨 꿍꿍이로 그쪽에 접근했는지도."

"……우리는 왕국이 제국에 전격적으로 침략당해 영토를 빼앗긴 것을 계기로 만났습니다. 그런 추태를 범한 것은 폐하와 유그노 공작파가 제국에 소극적이었기 때문입니다. 선수를 빼앗기고 영토를 더 잃으려던 차에 막은 게 우리 아르보 공작파입니다. 프로키시아 제국의 목적은…….."

알 리 없었다. 전부 밝힐 리도 없었다. 물론 교섭 중에 "쓸데없이 전선이 확대되는 것은 우리도 원하지 않습니다"라고 레이스가 말하긴 했지만, 크리스티나가 묻는 프로키시아 제국의 목적이 그런 것이 아니라는 것쯤은 샤를도 알았다.

"당연히 상대의 표면적인 의도가 너희의 이익과 일치했으니 손을 잡았겠지만, 뒤에서는 무슨 생각을 할지 모른다는 생각은 안 해봤나?"

"당연히 하고도 남았습니다."

"그러면 플로라가 아망드를 방문했을 때, 마물이 습격한 틈을 노려 레이스에게 납치될 뻔한 건 아나?"

"듣기는 했습니다."

지금 왜 그런 이야기를 하는가.

"그러면 유괴범 중 레이스 볼프가 있었다는 것은?"

"무슨……?"

"유괴범이 벨트람 왕국의 옛 귀족이었던 루시우스 오르귀인 줄은 알았고?"

"무, 무슨 말도 안 되는……. 그, 그럴 리가……. 루, 루시우스? 왜, 그 남자의 이름이……?"

크리스티나의 잇따른 질문에 샤를은 몹시 당황했다. 표정 변화가 없던 알프레드의 눈도 커졌다.

"아르보 공작파는 프로키시아 제국 대사인 레이스와 용병 루시우스와 협력해 플로라 유괴를 꾀했다. 이 일이 공표되기만 해도 아르보 공작파에게는 큰 스캔들이 될 텐데, 할 말 있나?"

"모, 몰라요. 전 몰라요……. 모릅니다. 아버지가, 아버지라면 뭔가……."

샤를이 세차게 고개를 내저었다.

"그렇겠지. 그래서 기대하지 않은 건데…… 반응을 보니 루시우스는 아는 모양이군. 아르보 공작파와 관련이 있다는 뜻인가?"

크리스티나가 루시우스와 무슨 사이인지 물었다.

"어, 없습니다! 당연히 없죠! 있을 리 만무합니다!"

"어떻게 그렇게 단언하지?"

"그건……!"

말문이 막힌 샤를이 얼굴을 일그러뜨렸다.

"그건?"

크리스티나는 담담하게 물었다.

"그, 그 녀석의 집이 몰락해서…… 그 일로 애꿎은 우리 가문을 원망하는지도 모르기 때문입니다."

샤를이 몹시 불편해했다.

"대체 무슨 짓을 한 거야?"

"그건……."

말하고 싶지 않다. 말하기 어렵다. 샤를이 그런 표정을 지었다.

"경위가 좀 별나지만, 요컨대 꼬리 자르기입니다."

알프레드가 처음으로 입을 열었다.

"그러고 보니 루시우스는 유력한 왕의 검 후보였다지. 그대와 당연히 아는 사이였겠어."

"네."

"……루시우스 오르귀는 어떤 남자였나?"

크리스티나가 알프레드 옆에 서서 감시하는 리오를 힐끗 보고 루시우스에 관해 물었다.

"다소 행실이 바르지 못하고 불성실한 불량배라는 말을 들었습니다만, 검술 실력은 대단히 뛰어난 남자였습니다."

"행실이 바르지 못하다. 그건 플로라 유괴를 계획할 만큼 왕가에 충성심이 부족하다는 의미인가?"

"그건…… 귀족 적자라는 인식이 부족한 탓이긴 했지만, 왕가에 충성심이 한 톨도 없었냐고 물으신다면 개인적으로는 그렇지 않았다고 생각합니다. 하지만 몰락한 지금은 글쎄요. 그건 모르겠습니다."

"오르귀 가문이 언제 몰락했지?"

"……몰락한 지 15년은 된 것 같습니다."

알프레드가 잠시 생각하고서 대답했다.

"꼬리 자르기라고 했지. 오르귀 가문은 왜 몰락했나?"

"오르귀 가문은 원래 불면 날아갈 듯한 궁정 귀족에 지나지 않았습니다. 가문의 존망은 루시우스의 출세에 걸려 있다 해도 과언이 아니었죠. 다만 불행하게도 루시우스는 재능이 넘쳤습니다. 그게 가문 외에는 자랑할 게 없는 자들에게는 곱게 보이지 않았죠. 루시우스도 재능 없는 사람을 깔보다 보니 원한을 많이 샀고 결국 부친이 불상사의 책임을 뒤집어쓰고 실직했습니다. 그것을 이유로 루시우스는 거센 비난을 받았고 지독하게 괴롭힘 당했습니다. 그걸 뒤에서 조장한 게 샤를입니다."

"......."

샤를은 불편해하며 시선을 피했다.

"그리고 어느 날 갑자기 그 남자는 홀연히 모습을 감췄습니다. 그의 재능을 높게 사서 만류한 사람도 있지만, 루시우스는 뭔가에 묶여 살기 싫어하는 남자였습니다. 언젠가는 떠났을 겁니다."

알프레드가 당시를 떠올리듯 먼 곳을 보며 말했다.

"그렇군. 아마카와 경, 루시우스에 관해 물어보고 싶은 것 있습니까?"

갑자기 크리스티나가 리오에게 알고 싶은 정보가 있냐고 물었다.

"......지금 루시우스가 어디 있는지 압니까?"

리오는 단도직입적으로 물었다.

"아니. 그 후의 일은 모르고 용병으로 활약한다는 소문을 들은 정도인데…… 왜 자네가 그런 걸 묻나?"

알프레드가 리오에게 자네와 루시우스는 무슨 사이냐는 눈빛을 보냈다.

"용병이 된 그 남자는 이유도 없이 쾌락만을 위해 제 어머니를 죽였습니다. 지금도 살아있다는 걸 안 이상, 두고 볼 수만은 없습니다."

리오가 짧게 대답했다.

"그런 일이……."

알프레드가 적지 않은 충격을 받았는지 말을 삼켰다. 샤를도 묵묵히 들었다.

결국, 유익한 정보는 얻지 못했다. 루시우스의 과거를 알고 리오의 초조함만 커졌다.

'예상한 대로야……. 단서를 찾으려면 역시 내가 치고 나가야 해.'

그자가 숨어있을지도 모르는 적지로 뛰어든다. 리오는 몰래 결심을 굳혔다.

◇ ◇ ◇

그 후, 약 한 시간 정도 질문하고 심문을 종료했다. 샤를은 유그노 공작과 리제롯테, 아리아를 따라 퇴실했다. 이제부터는 유그노 공작이 개별적으로 샤를을 심문하는 시간이었다.

　그러나 알프레드는 이곳에 남았다. 리오도 호위로 남기로 했다. 그 결과, 방에는 크리스티나를 포함해 세 명뿐이었다.

　"외람되지만, 지금부터라도 저 대신 바네사 씨를 호위로 두시는 게 어떠십니까? 제가 있으면 꺼내기 어려운 말도 있으실 테니……."

　알프레드에게 질문하기 전에 리오가 크리스티나에게 제안했다.

　"괜찮습니다. 바네사는 이 상황에 냉정함을 유지하지 못할 테고 호위 실력도 아마카와 경보다 많이 부족합니다. 여기서 보고 들은 것은 되도록 속에만 담아주셨으면 하지만, 무슨 말이 나오든 경에게 피해를 주지 않겠다고 약속하겠습니다."

　크리스티나가 조심스럽게 부탁한다고 말했다.

　"알겠습니다. 그렇게 하죠."

　"감사합니다. 그러니까 신경 쓸 것 없어. 마음의 준비는 됐나? 알프레드."

　크리스티나가 알프레드를 보고 물었다.

　"하문하십시오."

　알프레드가 얌전히 고개를 끄덕였다.

　"왕의 검인 그대가 일부러 수색에 참여한 것은 아버님의 명령을 받고 온 것으로 봐도 되겠나?"

크리스티나는 우선 전제를 확인했다.

"네."

"그럼 대체 어떤 명령을 받았지? 나를 포박해 왕도로 끌고 오라는 명령이라도 내리셨나?"

질문하는 크리스티나의 표정은 고통스러웠지만, 뭔가 기대하는 것처럼 보였다.

"……출발 전, 폐하께서 말씀하셨습니다. 샤를을 따라가 맡은 바를 다하라고."

"그 맡은 바란 무엇인가?"

"크리스티나 왕녀 전하를 지키는 것입니다."

알프레드가 딱딱한 목소리로 대답했다.

"……나를 지켜?"

크리스티나가 의아해하며 얼굴을 찌푸렸다.

"네."

"……무슨 말이지?"

크리스티나가 한참 망설이다가 물었다.

"제가 폐하께 받은 임무는 당신을 지키는 것입니다."

"그렇다기에는 행동이 모순되는데. 아마카와 경이 오지 않았다면 나는 그대들에게 포박됐을 거야. 설마 전투 중에 샤를을 배신할 생각이었다고 말하지는 않겠지?"

"……아닙니다."

"그러면 어쩔 작정이었나?"

크리스티나가 살짝 조바심을 내며 물었다.

"현 상황에는 더 드릴 말씀이 없습니다."

알프레드는 천천히 고개를 가로저었다.

"……."

크리스티나는 입술을 깨물었다. 크리스티나에게 성을 떠나라고 명령한 것은 다름 아닌 그녀의 아버지였다.

아버지는 알프레드에게 무슨 명령을 내리신 것인가. 수색에 참여해 크리스티나를 포박하려고 한 알프레드의 행동과 지금 나온 그의 변명이 어긋나는 이유는 무엇인가. 뭔가 특별한 의도가 있지는 않나 의심하지 않을 수 없었다.

"……직접 검을 맞댄 아마카와 경의 의견을 들을 수 있을까요? 알프레드의 진의가 무엇인지. 이 남자의 말에 신빙성이 있다고 보십니까?"

크리스티나가 작은 한숨을 내쉬고 리오에게 물었다. 알프레드는 거짓말을 잘하는 남자가 아니었다. 그것은 크리스티나가 리오보다 잘 알았다. 그래도 리오에게 의견을 구했다.

"거짓말을 하는 것 같지는 않습니다. 하지만……."

"뭔가 걸리는 점이라도?"

"위화감이라고 해야 할까요? 잘 설명할 수는 없지만, 지금 생각해보니 알프레드 씨의 행동에 망설임이 섞였던 것 같습니다."

"망설임?"

"네. 진심으로 전하를 포박할 생각이었다면 더 빠르게 처리하지 않을까요? 샤를과 레이스는 미리 이쪽 전력을 파악하고 분단시킨 다음 습격했습니다. 저와 동료들이 달려가기 전에 전하를 포박하고 인질로 잡으면 거기서 결판이 났을 겁니다. 그런데 오피아 씨에게 들은 바로는 그다지 전투에 적극적이지 않았고 봐주는 것 같았다는 말까지 들었습니다."

그래서 위화감이 들었다. 알프레드는 크리스티나를 포박한다는 목적에 최선을 다했는가.

크리스티나가 아니라도 인질을 한 명이라도 잡았으면 상황이 뒤집혔을 테니 적어도 진심으로 크리스티나를 잡으려고 한 것 같지는 않았다.

리오와 검을 맞댔을 때는 일절 봐주지 않고 신속하게 결판을 내리려고 했으니 알프레드의 망설임을 느끼지 못했지만.

"어쩌면 전하를 지키라는 폐하의 명령을 알프레드 씨 나름대로 실현하려고 한 것 아닐까요? 지켜야 하는 존재를 위해 겉으로는 샤를이 시키는 대로 전하를 포박하는 척하면서도 전하의 도주가 성공할 가능성이 커지도록 샤를이 눈치채지 못할 범위에서 의도적으로 봐줬다든가. 제 생각이 지나칠 수도 있습니다만……."

그렇다면 참 서툰 방식이었다.

그런데 리오의 말에 알프레드의 얼굴이 움찔했다. 알프레드의 변화를 놓치지 않았는지 크리스티나가 그의 얼굴을 빤히 쳐다보았다.

"왜 그러지? 알프레드."

"……아닙니다, 저는……."

알프레드는 멋쩍게 시선을 피하고 말을 잇지 못했다. 침묵이 내려오고 잠시 뒤.

"뭔가 굉장히 찔리는 듯한 얼굴인데."

크리스티나가 괴로이 지적했다.

"이미 잡힌 몸입니다. 어떤 처분이라도 달게 받겠습니다."

알프레드가 머리를 바치듯 깊게 고개를 숙였다.

"……그대는 내가 처단해주길 바라는가?"

"……."

"됐어. 그대를 어떻게 저분할지는 보류하겠어. 당분간 포로 신세로 있도록."

크리스티나가 탄식하며 말했다.

"……알겠습니다."

알프레드는 숙이듯 고개를 끄덕였다.

날이 바뀌고 아망드에 도착한 다음 날 아침.

어젯밤에는 리제롯테의 저택에 머물렀다. 오늘부터 사라, 오피아, 아르마는 바위 집으로 돌아가 미하루와 라티파를 호위한다는 명목으로 따로 움직이기로 했다.

"그럼 저희는 이만."

사라 일행은 저택 앞에서 작별인사를 고했다. 리오와 세리아만이 아니라 함께 여행했던 크리스티나와 바네사, 코우타와 레이도 배웅을 나왔다. 리제롯테와 플로라, 유그노 공작과 로아나의 모습도 보였다.

어제 일로 근신 처분을 받은 히로아키는 보이지 않았다.

"정말 감사했습니다. 아마카와 경과 여러분이 없었더라면 저는 크레이아에서 붙잡혔겠죠."

크리스티나가 대표로 배웅했다.

"틀에 박힌 말이라 죄송하지만, 앞으로의 활약을 기원하겠습니다."

사라도 오피아와 아르마를 대표해 인사했다.

"얘들아, 고마워. 정말로…… 이렇게 갑자기 헤어지다니."

세리아가 눈물을 글썽이며 그들에게 쓸쓸하게 말했다.

"그런 얼굴 하지 마세요. 언제 또 불쑥 만나러 갈지도 모르잖아요."

"응. 나도 너희 보러 갈게."

사라와 세리아가 대화를 나눴다.

"꼭 다시 만나요."

"기대할게요."

오피아와 아르마도 세리아에게 작별인사를 보냈다.

"응!"

세리아가 기쁘게 고개를 끄덕였다.

'……아깝군. 로다니아에서 대접하며 회유하고 싶었는데. 그나저나 미하루라고 했나? 아마카와 경도 그렇고, 어느 왕족도 이런 실력자를 호위로 두지 못했어. 아이시아라는 소녀도 격이 다르게 강하다고 들었다만, 대체 주위에 어떤 사람들이 있는 거지?'

유그노 공작은 리오에게 시선을 보냈다. 본인 능력이 특출난 데다 주위에 뛰어난 사람들이 모였다. 인재의 보고라는 말밖에는 할 말이 없었다.

리오 한 명을 적으로 돌려 주위의 실력자들과 사츠키와 리제롯테, 자칫하면 가르아크 왕국의 심기까지 나빠질 것을 상상하니 참으로 무서웠다. 심지어 지금은 거기에 크리스티나도 포함됐다.

'히로아키 님 일은 오히려 이렇게 된 게 다행일지도 모르겠군.'

계속 질투했더라면 더 큰 문제를 일으켰을 수도 있었다. 결과적으로 크리스티나의 선견지명이었다는 뜻이기도 하지만…….

'어쨌든 5천 군세를 몰아낸 것도 그렇고 그의 명성은 앞으로 더 커질 거야. 레스토라시온에 묶어둘 방법을 찾아야 해.'

유그노 공작은 결심했다.

사라 일행을 배웅하고 이번에는 리오 일행이 아망드를 떠날 차례가 되었다. 이제부터 레스토라시온이 소유한 마도선을 타고 로다니아로 이동해야 했다.

사라 일행을 배웅했을 때처럼 리제롯테 저택 정원에서.

"나중에 들르겠습니다. 사츠키 씨 일, 잘 부탁드립니다."

리오가 헤어지며 리제롯테에게 전했다.

"네. 하루토 님의 활약상을 전하면 폐하께서도 좋은 대답을 돌려주실 겁니다. 기대해주세요."

리제롯테가 웃으며 말했다.

"그러면 좋겠네요."

리오는 그 말을 빈말로 받았다. 그러나 이번 일은 리오가 생각한 것보다 프랑수아에게 높은 평을 받게 된다.

"또 봐, 아리아. 오랜만에 이야기 나눠서 좋았어."

세리아도 옛 친구인 아리아와 작별을 마쳤다.

"네. 저도 당신이 무사한 것을 알고 안심했습니다. 아망드에 오면 또 만나요."

"응. 나중에 식사 모임 때문에 올 수도 있으니까 그때."

"기대하고 있겠습니다."

아리아가 부드러운 미소를 지으며 세리아에게 말했다. 조금 떨어진 곳에서 코제트와 나탈리를 포함한 아리아의 동료 시녀들이 그 모습을 지켜보았다.

"아리아도 일 외적으로 사귀는 친구가 있구나."

"그러게 말이야. 일이 친구인 줄 알았어."

평소에는 보기 어려운 표정을 보고 놀랐는지 웬일로 속닥속닥 귓속말을 주고받았다.

"다 들립니다."

아리아가 서늘한 목소리로 시녀들에게 말했다.

그날 오후.

리오 일행은 드디어 여행 목적지인 로다니아에 도착했다. 거대한 성채도시에 인접한 호수에 착수하고 수면을 가르며 항구로 향했다.

승조원들이 재빠르게 하선 준비를 마치고 드디어 상륙이 시작됐다. 먼저 왕녀 자매인 크리스티나와 플로라가 호위기사 바네사의 에스코트를 받으며 트랩을 밟고 항구에 내렸다.

이어서 리오와 후드를 쓴 세리아, 코우타와 레이, 유그노 공작과 로아나, 히로아키가 트랩을 밟고 마도선에서 내렸다. 세리아가 후드로 얼굴을 가린 것은 샤를이 아직 세리아가 동행한 사실을 모르기 때문이었다. 곧 샤를도 내리는데 감옥으로 연행할 때까지 그가 세리아를 보고 소란을 일으키면 안 되기 때문에 일시적으로 얼굴을 가리기로 했다.

미리 배 한 척을 보내 크리스티나의 내방을 알려서 그런지 항구에 레스토라시온 소속인 고위 귀족들이 늘어서 있었다.

귀족들은 바네사 뒤에 있는 크리스티나에게 경의를 표하며 일제히 가슴에 손을 대고 정중하게 고개를 숙였다.

"우와아……." "대단한데."

코우타와 레이는 그 광경에 압도됐다. 그들은 왕녀인 크리스티나에게 경의를 표했지만, 괜히 자기들까지 대단해진 것 같은 착각에 빠졌다. 용사인 히로아키가 이 세계에 온 뒤로 계속 이런 경의를 받아왔다면 우쭐하는 것도 이해가 될 것 같았다. 지금은 얌전해졌지만…….

그리고 여행하는 동안 쫓기느라 몰랐지만, 크리스티나가 정말로 왕녀라는 것을 실감한 순간이기도 했다.

그때, 마중 나온 귀족 사이에서 훨씬 멋진 옷을 입은 남자가 다가왔다. 로던 후작이었다.

"어서 오십시오, 크리스티나 왕녀 전하."

로던 후작이 한 발 앞으로 나와 환영 인사를 했다.

"마중, 고마워."

크리스티나가 주위를 둘러보며 로던 후작을 위로했다.

플로라의 예비 드레스를 빌려 입은 그녀는 무척 아름답고 청초하며 왕족의 화려한 면모까지 느껴졌다. 젊은 귀족 남성들이 그녀의 미모에 시선을 빼앗겼다.

"과분한 말씀이십니다. 저희는 이날만을 기다렸습니다. 들은 바로는 숙적 아르보 공작의 오른팔이라는 샤를과 왕의 검 알프레드 에마르 공도 포로로 삼았다고 들었습니다.

정말 훌륭하십니다."

로던 후작이 활짝 웃으며 크리스티나를 칭송했다.

"샤를과 알프레드를 잡은 것은 아마카와 경의 공이네. 국빈으로 극진히 모시도록 해."

"분부대로 하겠습니다. 자, 전하를 계속 서 계시게 할 수는 없지요. 자리를 옮기시죠. 환영 파티를 준비했습니다."

크리스티나의 말에 로던 후작이 깊이 머리를 숙였다.

"그래. 그전에 포로 연행을 부탁하지."

크리스티나가 뒤에 있는 마도선을 돌아봤다. 트랩 위에 수갑을 찬 알프레드와 샤를이 끌려 나왔다.

"오오……."

그 모습을 보고 귀족들이 크게 술렁였다. 그들은 벨트람 왕국에서 유명한 거물이었다. 하물며 알프레드는 왕국 최강의 기사였다. 미리 듣기는 했지만, 포로가 된 모습을 실제로 보니 몹시 놀라웠다.

알프레드는 그들의 시선을 무시하고 당당하게 섰다.

"크윽……."

한편, 샤를은 굴욕스러운 얼굴로 귀족들의 시선을 피했다.

"데려가라."

유그노 공작이 비웃음 섞인 목소리로 수갑에 연결된 사슬을 잡은 기사에게 명령했다.

"네!"

기사들이 두 사람의 사슬을 당기며 트랩을 내려갔다. 그들은 대중의 시선에 노출된 채, 다른 곳으로 끌려갔다.

그것을 보고 리오 일행도 움직이기 시작했다.

◇ ◇ ◇

그 후, 리오 일행은 로던 후작이 자택 옆에 보유한 영빈 관으로 이동했다. 그곳에서 작은 파티가 열렸다. 막 오후 에 접어든 시간이지만, 여독이 쌓였을 것을 배려해 밤이 되길 기다리지 않고 환영회를 열었다.

참가자도 최소한으로 해서 유그노 공작과 로던 후작에 게 선택된 일부 귀족과 그들의 친척이 참여했다. 그래도 백여 명의 귀족이 모인 데다가 요리사에 메이드에 악사까 지 있어서 넓은 회장이 복작복작했다. 입식 파티라 사람들 의 이동이 활발하고 여기저기서 대화가 오갔다.

회장 가장 안쪽에는 크리스티나와 플로라, 세리아, 유그 노 공작과 로던 후작이 있었다. 참고로 히로아키는 몸 상 태가 안 좋다는 이유로 출석하지 않았고 로아나가 곁을 지 켰다.

"설마 세리아 양도 동행했을 줄은 몰랐습니다. 그것도 약혼자였던 샤를 아르보를 끌고 올 줄이야."

로던 후작이 호기심을 보이며 세리아 이야기를 꺼냈다. 구출한 경위는 유그노 공작에게 말한 정도로만 설명했기 때문에 배경이 궁금한 모양이었다.

"세리아 선생님 정도 되는 분은 저런 남자와 결혼하기 아까운 인재인지라."

크리스티나가 말했다.

"하하하. 확실히 아까운 인재이죠, 세리아 양은."

로던 후작이 웃으며 동조했지만, 눈에 깃든 호기심은 여전했다. 만만치 않은 사람임이 엿보였다.

"본국 정부에 있는 크렐 백작에게 민폐를 끼칠 수는 없으니 당분간 세리아 선생님이 레스토라시온에 있다는 건 가능한 한 비밀로 하겠어. 대내적으로 숨기기는 어렵겠지만, 심문에 지장이 갈 수도 있으니 샤를의 귀에는 들어가지 않게 엄중한 주의를 기울이게."

크리스티나가 먼저 못을 박았다. 밀정도 있을 테고 레스토라시온에 세리아가 있다는 정보가 벨트람 왕국 본국으로 새어나가지 못하게 막는 것은 크리스티나도 기대하지 않았지만, 정식으로 공표하느냐 안 하느냐에 따라 사정이 달라졌다. 그리고 샤를을 인질로 잡았으니 크렐 백작에게 손대지 못할 터였다.

"그럼요. 그렇고 말고요."

로던 후작이 맞장구쳤다.

"이 자리에 있는 이들에게는 이미 설명해놓았습니다. 아마카와 경의 활약도 소문이 난 모양인지 주목의 대상이 됐군요."

유그노 공작이 조금 떨어진 곳에 인파에 둘러싸인 리오

를 보았다. 그의 주위에는 젊은 영애들로 가득했다.

'……본인이 직접 영애들을 부추겨 보내놓고 잘도 말하는군.'

크리스티나는 작게 한숨을 내쉬었다. 이런 자리는 귀족에게 만남 장소이기도 해서 피해가 생기는 수준으로 민폐를 끼치지 않는 한은 크리스티나도 대놓고 책망하지 못했다.

단지 평소에 세리아와 사라 일행 같은 소녀들과 함께 지내는 그에게 저런 미인계는 효과가 거의 없을 것 같았다. 실제로 당사자인 리오가 붙임성 있게 대응하긴 해도 조금 불편해 보였다. 기분 탓이 아니었다.

"으……."

세리아는 살짝 뺨을 부풀리며 토라졌다.

한편, 회장 다른 곳에서 코우타와 레이가 호화로운 요리를 즐기고 있었다.

"으음, 맛있다. 그런데 여기도 격차가 있구나, 코우타."

레이가 영애들에게 둘러싸인 리오를 보며 말했다.

"뭐…… 하루토 씨는 인기 많은 게 당연하죠. 루이처럼 잘생겼고 엄청나게 강하고 고위 귀족이나 다름없으니까."

나무랄 데 없는 완벽한 초인. 코우타가 말했다.

"……그만해. 비참해지잖아."

"아니, 선배가 먼저……."

"그건 그렇고 여기까지 따라왔는데 우리 이제 어떻게 하냐? 크리스티나 왕녀는 여기서 살면 편의는 봐주겠다는데……. 아, 이 고기 맛있어."

레이가 접시에 깔끔하게 잘라놓은 스테이크를 씹으며 물었다.

"말을 하든지 밥을 먹든지 둘 중 하나만 해요……."

코우타가 어이없어하며 말했다.

"얼마 만에 먹는 따뜻한 밥인데 식으면 아깝잖아. 그래서 어떡할 건데? 여기서 살면 당장 직면한 생활 문제는 덜잖아."

"……살더라도 무슨 일이라도 하고 싶어요, 저는. 보살핌만 받는 게 아니라 자립해서 한 사람 몫을 하고 싶어요."

코우타가 의지를 보이며 말했다.

"으음, 코우타 너도 다 컸구나."

레이가 사뭇 진지하게 말했다. 루이, 아카네와의 일을 질질 끌었다면 이렇게 확실하게 말하지 못했을 터였다.

"얼렁뚱땅 넘어가지 말아요. 선배는 어떻게 하고 싶은데요?"

코우타가 쑥스러운지 다른 데를 보며 레이에게 물었다.

"으음. 나? 나는……. 편하게 살고 싶어."

레이가 자기 마음과 마주 보고 말했다.

"패배자나 할 말……."

"실례잖아. 다들 조금씩 그런 생각 한다고. 뭐…… 그렇게 생각하면 나는 여기서 살아도 될 것 같아. 밥도 맛있고 배도 부르고."

"아……."

확실히 이곳이 살기 무난하기는 했다. 그러나 코우타는 당당하게 루이와 재회하고 싶었기 때문에 지금보다 성장하고 싶었다. 과연 이곳에서 태평하게 살기만 해도 그 바람이 이루어질까?

"쓸데없는 이야기지만, 이렇게 무한 리필이나 뷔페식으로 먹으면 평소보다 많이 먹으려고 해도 배가 금방 찬단 말이야. 신기하게."

레이가 숨을 내쉬고 깨끗하게 비운 접시를 가까운 테이블에 놓았다.

"선배는 많이 먹지 않았나 싶은데……. 다양한 음식을 조금씩 한 번에 먹어서 티가 잘 안 나는 거 아닐까요?"

코우타가 어이없어하며 말했다.

"두 분, 잠깐 시간 있습니까?"

그때, 누군가가 두 사람에게 말을 걸었다. 장년 귀족 남자 두 명과 딸로 보이는 귀여운 영애 둘이었다.

"아, 네. 왜 그러시죠?"

레이가 반사적으로 자세를 바르게 하고 물었다.

"그냥 대화 좀 나눠보고 싶어서요. 저는 남작 디르크 댄디라고 합니다. 이쪽은 남작 질베 벨몬드. 제 친척입니다."

"음, 저는 레이 사이키라고 합니다. 이쪽은 제 후배인 코우타 무라쿠모고요. 처음 뵙겠습니다."

댄디 남작이 자신과 벨몬드 남작을 소개하자 레이가 슈트랄 지방식으로 어색하게 인사했다. 코우타가 뒤에서 "잘 부탁드립니다"라며 조금 긴장한 얼굴로 고개를 숙였다.

"하하하, 그렇게 긴장하지 말아요. 참, 우리 딸을 소개하겠습니다. 자, 인사하렴."

댄디 남작이 그들의 딸에게 말했다. 그러자 뒤에 있던 귀여운 소녀들이 앞으로 나왔다.

"로자 댄디입니다."

"미카엘라 벨몬드입니다."

로자와 미카엘라가 공손히 고개를 숙였다. 둘 다 레이와 코우타보다 조금 어렸는데 생김새도 귀엽고 청초하며 차분한 분위기가 감돌았다.

"안녕하세요, 처음 뵙겠습니다. 저는 레이라고 불러주세요."

레이가 표정을 다잡고 목소리에 신경 써서 신사적으로 인사했다. 그러나 한심하게도 시선이 앞이 트인 드레스로 쏠렸다. 특히 나이에 어울리지 않게 풍만한 로자에게……

'오오오, 코우타! 우리의 시대가 왔어!'

레이가 머리를 숙인 채 환희에 찬 표정으로 코우타를 힐끗 보았다.

'선배, 창피하니까 그만 해요. 진짜.'

태도가 싹 바뀐 레이가 창피했던 코우타는 얼굴이 굳는 걸 필사적으로 참으며 애써 웃었다. 그들의 태도가 좋게 보였는지 로자와 미카엘라가 키득 웃었다.

"잘 부탁드립니다, 레이 님. 저희도 성이 아니라 이름으로 불러주세요."

"네, 기꺼이. 로자 씨, 미카엘라 씨."

로자가 생글 웃으며 제안하자 레이가 고개를 끄덕였다.

"무라쿠모 님도 이름으로 불러도 될까요?"

미카엘라가 코우타에게 물었다.

"아, 네. 괜찮긴 한데……."

코우타가 조금 긴장한 기색을 보이며 수긍했다.

"감사합니다. 잘 부탁드려요, 코우타 님."

"네, 저야말로……."

미카엘라의 방긋 웃으며 말하자 코우타가 살짝 숨을 삼켰다.

그들은 한동안 이야기꽃을 피웠다.

역시 귀족이라고 해야 하나 남작과 영애들의 교묘한 화술로 레이는 한층 말이 많아졌고 코우타의 긴장도 조금씩 풀렸다. 자연스럽게 로자는 레이와, 미카엘라는 코우타와 가까워졌다.

"그런데 저희하고만 이야기해도 되나요? 솔직히 중요인물은 아니잖아요."

문득 생각났는지 레이가 물었다.

"하하하. 두 분이 중요인물이 아니라니 그럴 리가요. 처음에는 열심히 식사를 즐기시기에 말을 걸기 어려웠을 뿐입니다. 우리는 계속 말 걸 기회를 엿보고 있었다고요?"

댄디 남작이 부드럽게 웃으며 말했다.

"그, 그랬군요…… 부끄럽네요."

레이가 부끄러운 표정을 지었다. 연회가 시작되자마자 식사하러 자리를 뜨기는 했다. 귀족들이 말을 걸지 않은 데는 그들의 행동에도 문제가 있었다는 것을 깨달았다. 코우타도 얼굴을 붉혔다.

"동행한 분들이 호화로운 것도 사실이지요. 크리스티나 왕녀 전하와 크렐 백작가의 세리아 님은 물론이요, 가르아크 왕국의 명예기사인 아마카와 경까지."

댄디 남작이 이름을 대며 그들이 있는 곳을 둘러보았다.

"그분들에게 인사드리지 않아도 되나요?"

코우타가 물었다.

"우리는 귀족이기는 해도 불면 날아가는 말단입니다. 같은 귀족이어도 자기보다 지위가 높은 분들에게는 쉽게 말을 걸 수 없습니다. 얼핏 보면 화기애애하게 환담하는 것처럼 보여도 이런 자리에는 대화 순서와 예법 등 세세한 매너가 있습니다."

벨몬드 남작이 겸손해하며 쓴웃음 지으며 대답했다. 하지만 진짜 말단 귀족은 유그노 공작과 로던 후작에게 불려 이 자리에 올 리 없었다. 댄디 남작과 벨몬드 남작은 하위 귀족이기만, 어느 정도 직위에 오른 거물이기에 이 자리에 참석할 수 있었다.

"……아, 힘드시겠어요."

코우타는 새삼 귀족사회의 엄격함을 실감했다.

"저희는 귀족이 아니니까 편하게 대해주세요."

레이가 농담했다.

"레이 님은 별나셔."

로자가 키득 웃었다.

"두 분도 즐기고 계시는 것 같군요."

그때, 유그노 공작과 로던 후작이 다가왔다. 레스토라시온이 자랑하는 거물 귀족들의 등장이었다.

"아, 안녕하세요."

"두 분 덕분입니다."

코우타와 레이가 정중히 인사했다.

남작들도 고개 숙여 경의를 표했다.

"아, 다들 편히 있어요. 그런 자리도 아니니까. 그러고 보니 아직 두 분에게 직접 소개하지 않은 게 떠올라서요. 저는 조지 로던이라고 합니다. 앞으로 잘 부탁합니다."

로던 후작이 싹싹하게 웃고 코우타와 레이에게 자신을 소개했다.

"저희야말로 인사가 늦어 실례했습니다. 저는 레이 사이키라고 합니다."

레이가 즉시 사과하고 자기소개를 했다.

"코우타 무라쿠모입니다. 잘 부탁드립니다."

코우타도 황급히 이름을 밝혔다.

"용사님과 함께 소환된 두 분을 만나 영광입니다."

"음. 두 분도 뛰어난 재능이 있다고 들었습니다."

로던 후작과 유그노 공작이 재빠르게 두 사람을 치켜세웠다.

"아뇨, 저희는 그냥 어중이떠중이라고 해야 하나, 용사와 함께 소환됐을 뿐입니다."

레이가 자기를 낮추며 고개를 저었다.

"하하하, 그렇게 겸손하실 것 없습니다. 들었습니다. 두 분은 원래 세계에서 고등 교육을 받았다면서요?"

로던 후작이 구체적으로 화제를 꺼냈다.

"아, 뭐, 썩 그렇지는……."

레이와 코우타는 얼굴을 마주 보고 난처한 표정을 지었다. 원래 세계에서는 평범한 고등학생에 지나지 않았던 그들의 능력은 본인들이 가장 잘 알았다.

의무교육이 존재하지 않는 이 세계에 나고 자란 또래에 비하면 여러 지식이 있긴 하지만, 그것은 주위의 평균 레벨이 내려갔을 뿐, 그들의 레벨이 오른 것이 아니었다. 그들은 그것을 잘 알고 있었다.

그리고 이 세계에서 그들보다 똑똑한 사람도 많이 만났고 가까이 지내기도 했다.

"마력이 풍족해서 마도사의 재능도 있는 모양일세, 조지."

유그노 공작이 로던 후작에게 친근하게 말했다.

"오오, 참으로 대단하군."

로던 후작이 요란하게 감탄했다.

"마력은 많은 모양이지만, 마법을 쓰는 훈련도 못 받았는걸요."

코우타가 말했다. 쓸 수 있는 마법은 인챈트 피지컬 어빌리티와 하급 공격 마법, 생활 마법 몇 가지가 전부였다.

"노파심에 하는 말입니다만, 재능이 있으면 써야 합니다. 두 분이라면 활약할 자리가 얼마든지 있을 테니까요."

"그 말이 맞아. 두 분은 겸손이 지나치시군요. 하지만 실력 있는 젊은이에게 부담을 주는 것도 생각해볼 문제죠. 오늘은 이쯤에서 물러나겠습니다. 파티를 즐겨주세요. 멋진 인연을 만날지도 모르지 않습니까?"

유그노 공작의 말에 힘차게 맞장구친 로던 후작이 장난스레 웃으며 말하고 로자와 미카엘라를 힐끗 보았다.

"하하하, 멋진 인연은 이미 만났습니다."

레이도 로자를 힐끗 보고 힘차게 대답했다.

'선배는 귀여운 애가 잘해주면 금방 우쭐한다니까.'

늘 있는 일이지만, 코우타는 또 나쁜 버릇 나왔다며 작게 한숨을 내쉬었다.

로던 후작은 미소 지으며 한순간 눈을 날카롭게 번뜩였다.

"오, 그거 좋은 소식이네요. 마음에 든 영애가 있다면 과감하게 나서보는 것도 한 방법입니다. 뭐, 경쟁상대가 있거나 약혼자가 있을 수도 있지만."

그는 의미심장한 미소를 지으며 자연스럽게 레이의 초조함을 부채질했다.

"정말 아름다운 분은 경쟁이 심하겠어요. 로자 씨와 미카엘라 씨도."

레이가 로던 후작이 꺼낸 화제를 물고 로자와 미카엘라를 떠봤다.

"딸바보라고 생각하실 수도 있겠지만, 기량이 좋아서 혼담도 많이 들어옵니다. 이상적인 조건에 들어맞는 상대는 찾지 못했지만요. 아끼는 딸이라 이상적인 결혼 상대를 찾아주고 싶은 것이 부모 마음인지라……."

당사자인 로자가 아니라 부친인 댄디 남작이 울적하게 말했다. 남작 영애가 고위 귀족과 결혼하려고 할 경우, 첩이나 늙은 귀족의 후처로 들어가는 게 대부분이었다. 위로 올라가려는 욕구가 강한 귀족에게 본처와의 결혼은 부가 가치를 노리는 게 일반적이기 때문이었다. 물론 그 반대도 그랬다. 당주가 일정한 직위에 오른 댄디 남작가와 벨몬드 남작가도 다르지 않았다.

"으음. 그렇겠죠. 이렇게 귀여우니까. 그러면 만약 제가 로자 씨의 상대로 이름을 올리려고 해봤자 논외라는 거군요. 아쉬워라."

레이가 깊게 고개를 끄덕이고 크게 아쉬워했다. 지금까지 인기 없었던 자신이 인기인이 될 거란 기대는 요만큼도

하지 않지만 어쩌면 기회가 아예 없지는 않지 않을까, 그 정도는 기대했다.

그도 그럴 것이 레이는 살면서 귀여운 여자아이와 이렇게 말이 잘 통한 적이 없었다. 솔직히 로자의 외모는 완벽히 그의 취향이었다.

뭐, 귀족 예법 때문에 이렇게 받아주는 거겠지. 일회성 관계로 끝나는 것을 받아들이긴 했는데…… 했는데…….

"하하하, 그건 좀 이른 생각 같군요. 어머니, 로자. 레이 공이 이렇게 말씀하시는데."

댄디 남작이 즐겁게 웃으며 로자에게 물었다.

"기뻐요. 레이 님은 재미있는 분이에요."

로자가 영 별로는 아니라는 듯이 대답했다.

"응?"

이게 무슨 뜻이지? 가볍게 받아넘길 줄 알았는데 예상하지 못한 대답에 레이가 고개를 갸웃거렸다.

"호오……. 그러면 어떻습니까? 레이 공. 훗날 제 딸과 개인적으로 만나주시겠습니까? 일단 서로 조금씩 알아볼 필요가 있으니까요."

"……네? 아, 네……. 아니, 네?"

댄디 남작의 물음에 레이가 넋이 나가 고개를 끄덕였다.

'어? 어라, 이거…… 데이트 약속인가? 설마 진짜 기회인 거야?'

레이가 뒤늦게 상황을 파악했다.

"잘 부탁드립니다, 레이 님."

로자가 기뻐하며 그리고 수줍어하며 사랑스럽게 고개를 숙였다.

"아, 아니…… 저, 저야말로 잘 부탁드립니다. 로자 씨."

레이가 상기된 목소리로 인사했다.

'서, 설마! 내 시대가 온 거야?!'

속으로 환희하며.

"하아……."

코우타는 어이가 없어 작은 한숨을 내쉬었다.

◇ ◇ ◇

환영회는 저녁 무렵에나 끝이 났다. 리오와 세리아는 영빈관에 머물렀고 각자의 방으로 안내받았다.

그러나 세리아가 할 말이 있는지 곧 리오의 방으로 걸음을 옮겼다.

"차 준비할게요. 세리아는 거기 앉으세요."

리오가 간이 주방으로 가서 세리아를 대접할 준비에 들어갔다. 부탁하면 영빈관에서 일하는 메이드를 방으로 부를 수 있다고 들었지만, 어지간한 건 직접 할 수 있어서 필요하지 않았다.

리오는 익숙한 손놀림으로 재빠르게 차를 준비하고 소파에 앉아있던 세리아 맞은편 자리에 앉았다.

"고마워. 미안해, 긴 여행과 환영회 때문에 너도 피곤할 텐데 방까지 와서."

"괜찮아요. 안 피곤해요. 세리아야말로 피곤하지 않아요? 여행에 익숙하지 않은데 파티도 오랜만에 참석했잖아요."

리오가 세리아를 안심시키듯 밝게 웃으며 말했다.

"피곤하긴 한데 파티에 아는 사람이 많아서. 오랜만에 만나기도 하고 여러모로 신선하고 재밌었어. 지치긴 했지만."

세리아가 부드럽게 웃으며 살짝 어깨를 으쓱했다.

"그렇다니 다행이네요. 환영회 중에 대화 별로 못해서 조금 걱정했어요."

그랬다. 여러 귀족이 온종일 말을 걸어서 리오는 그다지 자유롭게 움직이지 못했다. 세리아도 비슷했다.

"……리오, 계속 여자애들에게 둘러싸여 있었지."

세리아가 리오의 반응을 떠보듯 화제를 꺼냈다. 환영회 중에도 리오를 계속 본 모양이었다.

"걱정돼서 세리아만 보고 있었지만요."

리오가 조금 쓸쓸하게 웃으며 대답했다.

"……어, 으, 응. 그래? 아하하."

당황한 세리아의 목소리가 들떴다. 창피해서 리오를 똑바로 바라보지 못했다. 약혼 제안이라도 받았냐고 물어볼 생각이었는데 머릿속이 텅 비어버렸다.

"그, 그건 그렇고 아이시아도 영체화해서 있는 거지? 여기는 우리만 있으니까 나와도 되잖아."

세리아가 창피함을 덮듯이 허둥지둥 말했다.

"알았어."

그러자 리오 옆에 빛 입자가 모이더니 아이시아가 나타났다. 그리고 그대로 리오 옆에 앉아 밀착했다. 세리아의 얼굴이 살짝 뾰로통해졌지만, 그들의 이런 모습을 보는 것도 얼마 안 남았다고 생각하니 왠지 더 보고 싶어져 말을 삼켰다.

"음, 새삼스러울 수도 있지만, 나 크리스티나 님의 보좌로 정식으로 레스토라시온 사람이 되기로 했어."

그 대신 세리아는 자세를 바르게 하고 이야기를 꺼냈다.

"네."

리오는 안다는 듯이 부드럽게 맞장구쳤다.

"이번에는……. 아니, 이번에도 나 때문에 너와 사라, 오피아와 아르마에게 큰 폐를 끼쳤어. 미안해."

"사과하실 거 없어요."

세리아가 고개를 숙이자 리오가 천천히 고개를 저었다.

"……고마워."

"네."

세리아가 고쳐 말하자 리오가 기뻐하며 고개를 끄덕였다.

"지금 나는 몸 하나뿐이라 아무 보답도 못 하지만, 언젠가 반드시, 꼭 보답할게."

세리아가 확고한 의지로 선서했다.

"그러실 거 없는데……. 참, 그러고 보니 이걸 안 드렸네요. '디스차지'."

리오가 문득 생각났다는 듯이 주문을 외워 시공의 장을 열었다. 책상 위 공간이 일그러지고 뭔가가 가득 든 작은 꾸러미가 나타났다.

"뭐가 들었어?"

세리아가 신기해하며 고개를 갸웃거렸다.

"크레이아를 떠날 때 크렐 백작에게 받은 여행 자금이에요. 마금화 하나와 금화 2백 장 정도의 화폐가 들어있어요."

"아, 아버님이……. 이, 이렇게나 주셨어? 마금화까지?"

놀라서 세리아의 눈이 커졌다. 그럴 만도 했다. 마금화 하나는 금화 수백 장의 가치가 있는 희소화폐였다. 금화 2백 장과 합치면 귀족에게도 상당한 거금이었다.

"자, 받으세요."

리오가 세리아 앞에 꾸러미를 놓았다.

"안 돼. 이건 네가 갖고 있어. 아무리 생각해도 이건 네 보수도 포함된 거야. 아버님도 그렇게 말씀하셨지?"

세리아가 딱 잘라 거절하고 화폐가 든 꾸러미를 리오 쪽으로 밀었다.

"글쎄요? 여행 자금이라는 명목으로 주셨는데……. 어쨌든 저한테는 필요 없는 돈이에요. 그보다 아버님 돈이잖아요. 한동안 살 게 많을 텐데 사양하지 말고 쓰는 게 어때요?"

여행에 쓰고 남은 돈이 리오의 보수라는 이야기로 받았고 꾸러미에도 보수에 상응하는 금화가 추가돼있었지만,

리오는 모른 척했다.

'아버님을 뵈면 무조건 확인할 거야.'

세리아가 시치미 떼는 리오를 의심 가득한 눈으로 쳐다보았다.

"……그러면 빌릴게. 꼭 갚을 거야."

그리고 살짝 볼멘 얼굴로 돈을 받았다.

"네. 그리고 하나 더요."

리오가 만족스럽게 고개를 끄덕이더니 검지를 세우고 말했다.

"……뭔데?"

세리아가 조금 경계하는 눈빛으로 물었다.

"이번 일의 보상으로 로다니아에 저택을 받게 됐어요. 저는 이곳에 안 살 거니까 괜찮다면 대신 지내실래요?"

리오가 말했다.

"지, 집……?"

세리아는 말을 잃었다. 한동안 집을 빌려야 하나 했는데 설마 저택까지 마련해줄 줄은 생각도 못했다.

"네. 형식상 제 소유권을 경유해야 하는 모양인데 그대로 세리아에게 양도할 수도 있어요. 내일이라도 하사받을 물건 후보를 보여준다고 하니 여러 절차를 거치고 서류들을 세리아에게 주는 것도……."

"자, 잠깐! 잠깐 기다려봐! 안 돼!"

세리아가 황급히 리오의 말을 막았고 호소했다.

"네 명의여도 괜찮고 서류도 네가 보관해. 부탁이야!"

"하지만 저택을 소유해도 저는 관리를 못 하는걸요."

"관리는 내가 할게. 일자리 있으니까 돈 벌어서 임대료도 내고. 저택은 네가 공을 세웠으니까 받는 거잖아? 내가 받으면 안 돼."

세리아가 힘차게 주장했다.

"집세도 필요 없는데……."

"안 돼, 이 이야기는 끝이야. 제대로 낼 거야."

세리아가 딱 잘라 말했다.

"……알았어요. 세리아가 그렇게 말한다면."

"응. 절차가 끝나면 계약하자. 네가 떠나기 전에."

떠난다. 그 말이 나오자 외로워졌다.

"……네, 그래요."

리오는 차분한 목소리로 수긍했다.

"그런데 이제 어디로 갈 거야?"

세리아가 물었다.

"……프로키시아 제국으로 가볼 생각입니다."

리오가 조금 딱딱하게 대답했다.

"프로키시아 제국……. 레이스라는 사람 때문에? 아니면 네 어머니를 죽인 사람을 찾으려고?"

세리아가 조심스럽게 물었다.

"……둘 다요. 그들이 밀접한 사이인 건 틀림 없어 보여서 둘 중 한 명의 흔적을 잡으려고요."

레이스가 프로키시아 제국의 대사라면 조사를 위해 제국의 성에 잠입해야 할 작정이었다.

"……다른 아이들은 어떡하려고?"

"프로키시아 제국에는 저 혼자 갑니다. 바위 집은 로다니아 근처에 둘 생각이니까 마음만 먹으면 모두와 만날 수 있을 거예요. 아이시아는 앞으로도 세리아 곁에 영체화해서 호위해줄 거고요."

"……그래?"

세리아가 아이시아를 보았다.

"응. 그래야 하루토도 안심하고 여행을 떠날 테니까."

아이시아가 천천히 고개를 끄덕였다.

"여행을 떠나기 전에 리제롯테 씨의 저택에서 식사 모임이 있지만요. 근시일 중에 아망드로 가서 리제롯테 씨와 일정을 조정할 거예요."

"거기서 미하루와 라티파를 만날 수 있겠네?"

"네."

"기대돼."

세리아는 기뻐서 싱글벙글했다.

"그래서 또 드릴 게 있어요."

리오가 덧붙였다.

"응……?"

세리아가 경계하는 표정을 지었다.

당장 필요한 활동 자금을 준비해줘, 집을 마련해줘, 호위로 아이시아까지 붙여줬는데 또 뭘 준다는 것일까.

"그렇게 경계하지 마세요. 아이시아가 호위하려면 마력 공급이 문제인데 그걸 해결할 물건이에요."

리오가 테이블 위에 금속 팔찌를 뒀다. 영체화한 상태로 일상적으로 소비하는 마력은 미미해서 대기 중에 떠도는 미약한 마력을 흡수해서 얼마든지 회복할 수 있지만, 실체화하면 갑자기 연비가 나빠지는 것이 정령이었다.

"……이게 뭐야?"

"정령석을 사용한 마도구예요. 정령석에는 마력을 저장하는 성질이 있어서 만약 아이시아가 실체화해야 할 때가 오면 이걸로 부족한 마력을 보충해주세요. 세리아의 마력은 인간족치고는 파격적으로 방대해서 아이시아와 일시적으로 패스를 이어서 마력을 공급할 수도 있지만, 그래도 실체화한 아이시아를 사역하기에는 불안할 테니까요."

영적 존재가 실체화해 현현하는 초자연적인 현상을 일으키는 것이니 실체화를 유지하는 것만으로도 상당한 마력을 소비하는 게 당연했다. 하물며 전투 때문에 정령술을 쓰면 마력 소비량은 가속도적으로 증가했다.

"네 말이 맞아. 그런데 마력이 얼마나 담겼어? 이거."

세리아가 조심스럽게 물었다.

"……글쎄요? 느낌으로는 상급 마법을 수백 발 쓸 수 있는 정도? 아이시아가 진심으로 싸우더라도 부족하지는 않을 거예요."

"사, 상급 마법 수백 발?! 잠깐! 이거 마도구지? 긴급 시에 마력원으로만 쓰는 게 아니라 마도구의 본래 역할도 있다는 거야?"

세리아가 놀라서 물었다.

"네, 본래 기능은 착용자가 사용하는 정령술과 마법의 위력을 증폭해 강화하는 거예요. 이걸 쓰면 적은 마력으로 높은 위력의 마법도 쓸 수 있어요."

리오가 쓰는 검에 담긴 마술과 똑같았다.

"마법 위력 증폭이라니, 고대 마도구급 물건이잖아……."

세리아는 말문이 막혔다. 이 마도구의 가치는 노다지급 재산이나 다름없었다.

"좋은 정령석을 썼으니까요. 사실은 이것 말고도 만들고 싶은 마도구가 있었는데 보관 문제 때문에 다음에."

"아, 아하하…… 너한테 빚이 자꾸 늘어나네."

세리아는 가냘프게 웃고 고개를 푹 숙였다.

내일 오전에 하사받을 집을 보러 가야 해서 오늘은 빨리 해산했다.

"그럼 내일 봐요. 안녕히 주무세요."

리오가 배웅하며 세리아에게 말했다.

"응, 내일 봐."

세리아가 생긋 웃으며 고개를 끄덕였다.

"안녕, 세리아. 잘 자."

아이시아도 리오 옆에서 세리아에게 잘 자라고 인사했다.

"응. 잘 자. 이만 갈게."

세리아가 조금 아쉬워하며 리오의 방을 떠났다. 달칵 문이 닫히고 방에는 리오와 아이시아만 남았다.

"잠깐!"

갑자기 문이 열리고 세리아가 들어왔다.

"아이시아, 너 설마 오늘 리오 방에서 자려고?"

"응."

아이시아가 억양 없는 목소리로 긍정했다.

"영체화 안 풀 거지?"

세리아가 의심 가득한 눈으로 아이시아를 보았다.

"…………응."

"뭔데 그 침묵은?!"

"영체화하면 하루토랑 자도 되지?"

그런 약속이었다며 아이시아가 말했다.

"그렇긴 한데 둘이 요즘 좀 떨어져 있었잖아. 정말 영체화해서 잘 거지?"

세리아가 의심스럽게 아이시아를 보았다. 방심하면 잠꼬대로 알몸이 되어 리오에게 안겼다. 바위 집에는 아침에 일어나 주의 주는 사람이 있었지만, 이곳에서는 그럴 사람이 없었다. 솔직히 불안했다.

"······오늘은 나랑 같이 자자."

세리아가 아이시아에게 말했다.

"왜?"

아이시아가 이상하게 여기며 고개를 갸웃거렸다.

"너와 너무 오래 떨어져 있어서 외로웠어."

"나도 요즘 하루토를 못 만나서 외로웠어."

"리, 리오가 여행 갔다가 돌아오면 너는 언제든지 같이 잘 수 있잖아."

세리아가 상기된 목소리로 주장했다.

"아이시아, 혹시 모르니까 오늘은 세리아 방에 수상한 자가 오는지 감시해줄래? 안 오겠지만, 혹시 몰라서."

리오가 아이시아에게 부탁했다.

"······이름."

"응?"

"세리아를 이름으로 부르네."

"아, 크리스티나 왕녀 앞에서 선생님이라고 부를 수가 없어서. 아직 좀 어색하지만, 앞으로는 이렇게 부르기로 했어."

"그래."

아이시아가 리오의 설명을 듣고 살짝 미소 지었다.

"알았어. 오늘은 세리아와 같이 잘게."

그리고 순순히 세리아와 자겠다고 했다. 그렇게 아이시아는 오늘 밤 세리아와 함께 자기로 했다.

◇ ◇ ◇

다음 날 오전.

리오와 세리아는 로던 후작의 안내로 마차를 타고 영빈관과 가까운 저택에 들렀다. 주위에 경비와 시종들이 있고 크리스티나와 플로라, 바네사가 동행했다.

부지 입구인 문 앞에서 마차에서 내렸다.

"이곳이 바로 입주할 수 있는 저택 중에 가장 조건이 좋습니다. 여기서부터는 걸어서 안내하겠습니다. 자, 저를 따라오시죠."

로던 후작이 앞장서서 문을 지났다. 부지 입구에서 언덕에 있는 저택으로 이어지는 길 끝에는 귀족이 혼자 살기에는 적잖이 큰 호화로운 저택이 있었다. 주위에는 손질된 아름다운 자연 정원이 한없이 펼쳐져 있었다.

'저택은 언덕 위에. 부지로 들어가는 문은 하나. 일단 침입하기 어렵게 짓긴 했군. 부지 전망도 그럭저럭 괜찮고 마술 결계를 펼치면 밤을 틈탄 침입자도 탐지할 수 있겠어.'

리오는 방심하지 않고 입지조건을 따지며 로던 후작을 뒤따라갔다.

"레스토라시온 소속 귀족 대부분이 로다니아에 저택을 세웠습니다. 새 저택도 짓는 중이라 토지 부족이 문제가 되고 있습니다. 그래서 공교롭게도 부지는 조금 좁습니다만,

다른 조건은 영지 내에서도 손에 꼽을 정도로 좋습니다."

로던 후작이 일행을 데리고 저택으로 이어지는 길을 걸으며 로다니아의 주택 사정과 이 저택의 가치를 말했다.

'경비 관점에서 보면 이것도 너무 넓은데…… 입지적으로는 허용할 수 있는 범위인가? 귀족 체면도 있고 무엇보다 세리아 마음에 들어야 할 텐데.'

리오가 생각하는 사이, 저택 현관에 도착했다.

그 후에도 로던 후작의 안내를 받아 저택을 둘러봤다.

저택은 사용인이 산다는 전제로 가족과 함께 살아도 여유로울 정도로 방이 남아돌았고 내부 장식도 돈을 쓴 게 보였다.

저택 양도에 크리스티나가 관여하는 바람에 로던 후작의 체면 때문에라도 아무 저택이나 제공할 수 없었다. 영지 내에도 손에 꼽게 조건이 좋다는 말은 거짓말이 아니었다.

"하루토, 어때?"

저택을 다 둘러보자 세리아가 리오에게 물었다.

"괜찮네요. 하지만 살 사람은 세리아니까 세리아의 의견을 우선해주세요."

리오가 긍정적인 의견을 내놓았다. 소개받은 저택의 조건이 좋긴 했고 무료로 받는 이상, 너무 억지 부릴 수는 없었다.

"하루토가 좋다면 나도 좋아. 정말 멋진 저택이야, 여기. 영주가 아닌데 영도에 이렇게 훌륭한 저택을 가진 귀족은 드물어."

세리아가 감탄하며 말했다.

"하하하, 세리아 양이 그렇게 말해주니 다행이군요. 크리스티나 왕녀 전하는 어떠십니까?"

로던 후작이 기뻐하며 크리스티나의 의중을 물었다.

"……두 분이 괜찮으시다면야."

크리스티나는 리오와 세리아를 보며 고개를 저었다. 정말 보상으로 이 정도만 줘도 되는가 싶긴 하지만, 당사자들이 괜찮다고 하니 억지로 밀어붙일 수는 없었다.

"그러면 이 저택을 아마카와 경에게 양도하겠습니다. 정식으로 결정했다고 봐도 되겠지요?"

로던 후작이 마지막으로 확인했다.

"네, 잘 부탁드립니다."

리오가 깊게 인사했다.

계약은 빠르게 진행됐고 당일에 여러 절차를 거쳐 계약서와 권리증서를 작성했다.

그리고 사전에 리오가 크리스티나와 레스토라시온에 내민 요구서——주로 세리아의 신병과 안전에 관한 내용——도 암암리에 수락됐고 계약서를 작성해 사인했다.

저택에 필요한 가구가 최소한으로 갖춰져 있어 당장 내일부터 세리아가 살기로 했고 이날은 일단 해산했다.

◇ ◇ ◇

그리고 이틀 후.

세리아는 어제부터 리오가 받은 저택에 살게 되었고 세리아의 강력한 희망으로 리오도 로다니아에 머물 때는 이 저택에 지내기로 했다.

리오는 미혼 귀족 여성의 집에 남자가 드나들어도 되나 걱정했지만, 세리아가 괜찮다며 밀어붙였다.

그건 그렇다 치고.

이날 리오는 코우타와 레이를 저택으로 초대했다. 샤를과 알프레드를 포박한 이후, 로다니아에 도착한 뒤로 바빠서 진득이 이야기해보지 못해서 여행을 떠나기 전에 만날 생각이었다. 차와 과자를 준비해 세리아와 두 사람이 기다리는 응접실로 발을 옮겼다.

"여기요."

"오, 네."

"감사합니다."

선배인 레이와 후배인 코우타가 괜히 정중하게 잔으로 손을 뻗었다.

"……너희 혹시 긴장했어?"

세리아가 이상하게 여기며 물었다.

"아니, 뭐라고 하지. 그…… 저택이 굉장해서요."

레이가 머리를 벅벅 긁으며 대답했다.

"하루토 씨와 세리아 씨는 역시 귀족이라는 생각이 들었다고 할까요?"

코우타도 대답을 덧붙였다.

"그렇게 따지면 두 분도 용사인 루이 씨의 친구잖아요. 이 세상에서는 그것만으로도 어느 정도 인정받습니다."

리오가 지적했다.

"저희는 루이 곁을 떠난 몸이니까 그냥 일반인이잖아요."

"코우타는 루이의 힘을 빌리지 않고 자력으로 자리 잡아 제 몫 하는 남자가 되고 싶은 모양이에요. 하루토 씨처럼."

"서, 선배!"

레이가 자기 속마음을 꺼내자 코우타의 얼굴이 빨개졌다.

"아……. 제가 제 몫을 하는지는 제쳐놓고, 훌륭한 마음가짐이에요. 응원합니다."

리오가 쑥스러워하며 코우타를 칭찬했다.

"맞아."

세리아도 웃으며 동의했다.

"아니, 하루토 씨는 제 몫……이 아니라 천 명 몫? 정도로 대단한 사람이라고 생각하는데요, 실제로."

"그건 저도 동감."

코우타가 리오를 칭찬하자 레이가 힘차게 고개를 끄덕였다.

"두 분이 저보다 연상이잖아요."

리오가 쩔쩔맸다.

"그게 신기하다니까요. 하루토 씨가 저희보다 연상처럼

보여요. 막 만났을 때 본 전투 장면이 인상이 강해서 그런 가? 그래서 존칭도 자연스럽게 쓰게 되고. 아직 열여섯 살 이죠?"

레이가 리오에게 물었다.

"네."

"진짜 열여섯 살이에요?"

"네, 그런데요⋯⋯."

전생의 기억이 있어서 조금 움찔했다. 그러나 아마카와 하루토의 기억이 있고 영향도 강하게 받긴 하지만, 어디까지나 인격의 베이스는 이 세계에서 태어나고 자란 리오였다.

그래서인지 자기 나이는 열여섯 살이라는 인식이 강했 다. 뭐, 이런 일이 없으면 보통은 나이를 의식하지 않지 만⋯⋯.

"선배, 그런 이야기는 너무 파고 들면 하루토 씨에게 실 례예요."

코우타가 레이를 말렸다.

"으, 응. 그렇지. 그런데 하루토 씨에게 부탁할 게 있어 요. 세리아 씨에게도. 상담 좀 해주시겠어요?"

레이가 부탁했다.

"뭘 물어보시려고요?"

"우리의 미래에 관해서요."

"저라도 괜찮다면 말씀해보세요."

루이가 두 사람을 신경 써달라고 부탁했다. 리오는 흔쾌히 승낙했다.

"실은 지금 저와 코우타는 각기 다른 방향으로 나아가려고 해요."

"그렇습니까?

앞으로도 둘이 함께 할 줄 알았던지라 조금 의외였다.

"이렇다 할 목표가 없었다면 선배와 같이 있었을지도 모르지만, 서로 하고 싶은 일이 달라서요."

코우타가 조금 쑥스러운지 뺨을 긁적이며 밝혔다.

"그 말은?"

"그럼 먼저 저부터……. 음, 저는 모험가가 되고 싶습니다."

코우타가 조금 긴장한 기색으로 말했다.

"모험가요……?"

리오의 표정이 심각해졌다.

"혹시 괜찮다면 하루토 씨의 생각을 말해주세요."

"……쉬운 일이 아니에요. 목숨이 위험한 일이 많고 수입은 불안정해요. 몸이 자산이라 몸 상태가 나빠지면 수입이 끊깁니다. 일확천금을 손에 넣을 수 있다는 이미지지만, 거금을 벌 수 있는 사람은 한 줌도 안 돼요. 코우타 씨는 모험가가 어떤 일인지 알고도 모험가가 되고 싶습니까?"

리오가 코우타의 각오를 확인하듯 물었다.

"물론입니다. 마을에서 일도 하고 도시 밖으로 나가 약초를 뜯거나 마물 토벌, 때로는 용병으로 싸우기도 하고."

코우타가 무척 진지한 얼굴로 수긍하고 말했다.

"가벼운 마음으로 할 생각이라면 말리고 싶습니다만……."

"절대로 가벼운 마음으로 생각한 거 아닙니다."

"그런 것 같네요……. 모험가가 되고 싶은 이유를 물어 봐도 될까요?"

코우타의 눈에서 강한 의지를 느낀 리오가 다음 질문을 했다.

"현실은 녹록지 않다는 걸 알고 싶어요. 저는 이 세계에 관해 아무것도 몰라요. 하지만 이 세계에서 살아가야 하죠. 평생 남의 보호를 받으며 살고 싶지 않아요. 그래서 이 세계를 더 알고 싶습니다. 그리고 미래에는 여러 곳을 돌아다니고 싶어요."

"……틀린 생각은 아니라고 생각해요. 하지만 모험가가 되더라도 전투 훈련은 받는 게 좋아요. 솔직히 코우타 씨의 지금 실력으로는 위험해요."

리오가 일부러 엄하게 문제점을 꼬집었다. 함께 여행하는 동안 코우타와 레이에게 간단하게 검을 쓰는 방법을 가르쳐줬지만, 초보자나 마찬가지였다.

"알아요. 그래서 크리스티나 왕녀의 후의로 바네사 씨와 다른 기사들에게서 전투 훈련을 받기로 했어요. 당장은 아망드에 거점을 두고 훈련하면서 안전한 의뢰부터 시작해 보려고요."

코우타는 자신에게 무엇이 부족한지 잘 아는 모양이었다.

"……착실하군요. 그렇다면 더 충고할 것도 없네요. 괜한 참견일 수도 있겠어요."

"아니에요. 하루토 씨가 봤을 때 안 되겠다 싶으면 아직 제 마음가짐이 부족한 걸 테니까요."

"과대평가인데요……. 뭐라도 더 도와드리고 싶은데 조만간 여행을 떠나야 해서요. 떠나기 전에 같이 대련이라도 할까요? 언제든지 말만 하세요."

"아, 아니, 지금 제가 하루토 씨와 싸워봤자 순식간에 질 게 뻔해요. 조금이라도 싸울 수 있게 되면 그때 부탁드려요. 자신감이 붙었을 때 때려눕혀주세요."

코우타는 지금보다 좀 더 성장하고 대련하기를 원했다.

"기꺼이요."

리오는 고개를 끄덕였다. 한편, 묵묵히 대화를 듣던 세리아는 리오에게 또래 친구 같은 사람이 생긴 게 기뻤는지 방긋 웃으며 그들을 지켜보았다.

"이번에는 선배 차례예요."

코우타가 레이에게 말했다.

"응……. 크흠. 어, 저는 레스토라시온에 들어가서 본격적으로 마도사를 지향하려고요. 마법과 마술을 배우는 건 왕후 귀족이 아니면 어려운 모양이고, 그……."

레이는 조금 긴장해서 가볍게 헛기침하고 자기 진로를 말하다가 부끄러운지 말을 맺지 못했다.

"선배, 레스토라시온 소속인 귀족 여자아이와 연애 중이라 그 아이를 위해 마도사가 되려는 거예요."

코우타가 대신 설명했다.

"아, 아직 정식으로 사귀는 거 아니야!"

레이가 황급히 정정했다.

"……그래요?"

"어, 어쩌다 보니……."

리오와 세리아는 모험가가 되고 싶다는 코우타의 말을 들었을 때보다 놀랐다.

"실은 로다니아에 온 날 파티에서 만난 아이와 사이가 좋아져서……."

레이가 쑥스러워하며 커밍아웃했다.

"아……."

십중팔구 회유의 일환이었다. 리오와 세리아는 의심이 들었지만, 딱히 드문 일도 아니었다. 아마 코우타도 회유했겠지만, 모험가가 되려는 길을 선택한 것을 보니 그렇게 강하게 회유하지는 않은 것 같았다.

레이가 귀족사회를 잘 모르는 것이 문제 될 수도 있지만, 무척 기뻐하며 말하는 레이의 얼굴을 보니 문제라고 잘라 말할 수는 없을 것 같았다.

"귀족 여자아이와 어떻게 사귀어야 할지 잘 모르겠어요. 그보다 연애는 처음이라……. 귀족이자 선배이기도 한 하루토 씨와 세리아 씨의 이야기를 듣고 싶습니다."

레이가 리오와 세리아에게 머리를 숙였다.

"그걸 왜 우리에게……."

리오와 세리아는 난처해하며 얼굴을 마주 봤다.

"그렇지만 두 분 사귀잖아요? 그, 어떻게 사귀게 됐는지, 얼마나 자주 만나고 선물은 얼마나 주고받는지 꼭 듣고 싶어서요."

"……네?"

리오는 레이의 말이 지적할 게 너무 많아 이해가 잘 안 됐다.

"뭐, 뭐?! 사, 사귀다니?! 나랑, 리, 하루토가?!"

잠시 뒤, 세리아가 얼굴이 새빨개져서 소리쳤다. 동요한 나머지 자기도 모르게 리오라고 부를 뻔했다.

"네."

레이가 고개를 끄덕였다.

"그, 그렇게 보여?"

세리아가 쭈뼛쭈뼛 물었다.

"네. 동거하는 행복한 연인으로 보이는데요."

왜요? 레이가 순진무구한 눈빛을 보냈다.

"그, 그래……."

세리아는 새빨개진 얼굴을 숙였다. 리오는 민망한 눈치였다.

"어? 설마 아니에요?"

레이가 그제야 그 가능성을 떠올렸다.

"네. 그런 사이 아니에요……."

리오가 난처한 얼굴로 긍정했다.

"지, 진짜요?!"

이번에는 레이와 코우타가 놀랄 차례였다. 친밀한 리오와 세리아를 보고 완전히 그런 사이인 줄로만 알았다. 이제는 부부의 영역에 도달했다고 생각했을 정도였다.

"그리고 레이 씨에게는 죄송하지만, 저는 이성과 사귄 경험이 없어서……."

"이, 이렇게 흠잡을 데 없이 잘생겼는데 여자친구가 없다고요……? 왠지 갑자기 친하게 느껴지는데."

레이가 눈을 반짝이며 리오를 보았다.

"저…… 귀족이 된 것도 최근 일이고 이 화제에 관해서는 세리아가 적임이지 않을까 싶어요."

리오는 곤란해하던 끝에 쩔쩔매는 세리아에게 도움을 청했다.

"나, 나도 사귄 적 없어! 야, 약혼은 억지로 할 뻔했지만!"

세리아가 얼굴을 붉히며 주장했다.

그로부터 일주일이 지난 어느 날 밤.

"그럼 예정대로 오늘 아망드로 갈게요."

저녁 식사 후, 리오가 세리아에게 말했다.

"응. 잘 다녀오라고 해도 될까?"

세리아가 리오의 안색을 살피며 물었다.

"네, 물론이죠."

"……내 일이 정해졌으니 알려줄게. 최근에 레스토라시온 소속 귀족 자녀를 위한 아카데미가 신설됐어. 일단 연구자로 활동하면서 거기서 강사를 맡을 거야. 어쩌면 가르아크 왕국 왕립학원에도 나갈지 몰라."

쑥스러워하던 세리아가 그 기색을 숨기려는지 갑자기 자기 일자리를 찾았다고 리오에게 보고했다.

"축하드려요. 세리아가 일자리 걱정할 일은 없을 줄 알았지만, 마음이 놓이네요. 세리아에게 배울 학생들이 부러워요."

"아하하, 난 이제 리오에게 가르쳐줄 게 없어."

세리아가 쑥스럽게 웃으며 먼 곳을 보았다.

"아니에요. 지금도 세리아에게 많이 배우는걸요."

리오도 먼 곳을 보며 말했다.

"……기억해? 옛날에 네가 벨트람 왕국을 떠나기 전에 내 방에 들렀던 거."

세리아는 쓸쓸한 미소를 짓고는 쑥스러워하며 말을 꺼냈다.

"네, 기억나요."

"그때는 슬프게 헤어졌지만, 이번에는 아니야. 그렇지?"

"네. 이번에는 정정당당하게 세리아를 보러올 수 있어요."

"얼굴 자주 비추기다?"

"물론이죠. 약속할게요. 대륙 어디에 있든 만나러 오겠습니다."

리오가 고개를 끄덕이며 말했다.

"헤헤…… 아, 으, 응."

세리아는 살며시 볼을 붉히고 수줍게 고개를 끄덕였다.

"그, 그건 됐고 내가 하고 싶은 말은 이번에는 좋게 헤어지자는 거야! 그러니까 다시 하자. 그때처럼 슬픈 기억으로 남기고 싶지 않아. 이번에는 밝고 긍정적으로!"

세리아가 상기된 목소리로 냅다 말했다.

"다시 하자고요? 그때처럼?"

갈피가 안 잡히는 세리아의 말에 리오가 고개를 갸웃거렸다.

"으, 응. 헤어질 때, 그…… 포옹했잖아? 그러니까……자, 일어나봐."

세리아가 쑥스러워하며 일어나 리오에게 다가갔다.

"어…… 네."

리오가 조금 난처한 기색을 보이며 일어났다.

"그, 그러고 있어."

세리아가 조심스럽게 리오의 가슴에 얼굴을 묻고 리오에게 기대었다.

'다시 하자는 게…… 이런 뜻이었구나. 내가 벨트람 왕국을 떠날 때 이렇게 안아줬지. 그다지 좋은 기억은 아니라 덧씌우려는 건가.'

리오는 기쁘게 미소 짓고 세리아를 살짝 끌어안았다. 그러자 세리아도 리오를 더 꼭 끌어안았다.

세리아의 체온은 그날과 똑같았고 여전히 마음 편했다.

"역시 리오는 그때보다 컸구나."

세리아가 리오를 올려다보며 수줍게 웃었다.

"세리아는 더 작아진 것 같아요."

"……네가 너무 큰 거야."

리오가 짓궂게 웃자 세리아가 토라진 것처럼 대답했다.

"다른 사람 앞에서는 이렇게 헤어질 수 없으니까 아직 조금 이르지만, 미리 말할게……. 리오, 잘 다녀와. 몸조심해."

세리아는 편안히 리오에게 작별인사를 했다.

"네. 다녀오겠습니다."

리오도 편안히 웃으며 고개를 끄덕였다. 이날, 세리아와 나눈 작별인사는 따뜻한 추억이 되어 리오의 마음에 새겨졌다.

【 제 6 장 】 ❈ 잠깐의 휴일

다음 날, 오전.

리오는 로다니아로 떠나기 전에 크리스티나와 플로라에게 갔다. 출발 전에 인사하기 위해서였다.

"결국, 대단한 보답은 하지 못했군요."

크리스티나가 응접실에서 리오와 대면하며 울적하게 말했다.

"저택을 주셨는데 더 받을 수는 없습니다."

리오가 고개를 저으며 말했다.

"……알프레드를 쓰러뜨린 아마카와 경의 공훈은 그가 가진 검의 가치 이상입니다. 저택에 그 검만 한 가치가 있다고 생각하지 않습니다. 그래서 알프레드의 검을 드리려 한 것인데……."

리오에게 준 상이 부족하다고 생각하는 모양이었다. 알프레드가 사용하던 검은 국보라 그야말로 가격을 매길 수 없었다.

"국보를 받을 수는 없습니다. 부디 그 검에 어울리는 사람에게 주세요. 잘 드는 검은 이미 충분합니다."

리오는 정중하게 거절했다.

"……알겠습니다. 그러면 앞으로 세리아 선생님을 만날 때는 이 브로치를 제시하고 귀족 거리로 가세요. 통행증 대신입니다.”

크리스티나가 자기가 착용한 브로치를 떼 리오에게 건넸다.

“어……?”

묵묵히 대화를 듣던 플로라가 눈을 동그랗게 떴다.

“왜 그래? 플로라.”

“아, 아니에요.”

크리스티나의 물음에 플로라는 얼른 고개를 가로저었다.

“……알겠습니다. 감사히 받겠습니다.”

리오는 크리스티나가 준 브로치를 공손히 받았다. 브로치에는 크리스티나가 공식적으로 쓰는 문장과 똑같은 디자인이 새겨져 있었지만, 리오가 알 리 없었다.

받는데 잠깐 시간이 걸린 것은 플로라의 반응에 브로치에 통행증 이상의 역할을 하는 것은 아닐까 의심이 들었기 때문이었다.

그러나 왕녀의 선물을 대뜸 거부할 수는 없으니 지금은 일단 얌전히 받는 것 외에는 방법이 없었다.

“하루토 님, 로다니아를 떠나 아망드로 가시는 거죠?”

플로라가 화제를 바꿨다. 크리스티나에게 미리 목적지를 말했는데 그녀가 말한 모양이었다. 참고로 크리스티나가 아망드까지 마도선으로 보내주겠다고 했지만, 걸어가겠다고 거절했다.

“네. 리제롯테 씨와 만나기로 약속했습니다. 크리스티나

님에게는 말씀드렸습니다만, 그 일로 조만간 세리아를 빌려갈 수도 있습니다."

"물론 괜찮습니다. 세리아 선생님의 교우 관계를 제한해선 안 되고 우리로서도 교우 관계가 넓어지면 고마운 일이죠."

크리스티나는 레스토라시온에게도 이득이라는 것을 숨기지 않고 인정했다.

"감사합니다. 아망드로 갔다가 다시 로다니아로 돌아올지도 모르니 괜찮으시다면 그때 인사드리고 보고드리겠습니다."

리오가 인사하고 자청해 말했다.

"아쉽게도 소요되는 일수에 따라 만나지 못할 수도 있습니다. 저와 플로라는 가까운 시일 내에 가르아크 왕국 왕도로 갈 예정인지라."

크리스티나도 조만간 로다니아를 떠나는 모양이었다.

"그러십니까?"

"국경 부근에 벨트람 왕국 본국 군대를 배치한 일로 사과와 설명을 해야 하고 그 밖에도 의논이 필요해서 저와 플로라는 반 달은 로다니아를 비울 예정입니다."

"알겠습니다."

리오는 인사하듯이 고개를 끄덕였다.

'……모처럼 하루토 님과 대화할 기회였는데.'

플로라가 아주 조금 아쉬워했다.

"……만약 앞으로 로다니아를 정기적으로 들르거든 괜찮

다면 만나주셨으면 좋겠습니다. 정중히 대접하겠습니다."

크리스티나가 플로라의 표정을 보고 잠시 생각에 잠겼다가 눈썹 끝을 내리며 말했다.

"……알겠습니다. 정중한 대접은 괜찮습니다."

너무 자주 만나기는 뭣해서 망설이던 리오는 예의상 고개를 끄덕였다.

◇ ◇ ◇

크리스티나랑 플로라와 헤어진 뒤 리오는 다시 저택으로 돌아갔다. 세리아와 아이시아가 그곳에서 기다리고 있었다. 아이시아가 사전에 리오의 접근을 감지했다.

"이제 막 돌아왔지만, 다녀오겠습니다."

작별인사는 어제 마쳤고 오늘 아침에도 많은 이야기를 나눴다. 리오는 바로 떠나겠다고 했다. 질질 끌어봤자 아쉬움만 남을 뿐이었다.

"응, 잘 다녀와."

세리아는 웃으며 배웅했다.

"다녀올게."

아이시아도 리오 옆에 서서 세리아에게 말했다. 로다니아 근교에 있는 바위 집을 설치한 장소를 알려주기 위해 잠깐 동행하기로 했다.

"리오를 바위 집으로 안내하고 바로 돌아와야 해? 기다릴 테니까 빨리 와."

"응."

아이시아와 세리아도 잠깐의 작별인사를 나눴다.

"아망드에서 일주일 정도 있다가 올 생각인데 그동안 세리아를 잘 부탁해, 아이시아."

"내게 맡겨."

아이시아가 고개를 끄덕였다. 리오는 세리아와 헤어지고 로다니아로 떠났다.

리오는 걸어서 로다니아를 벗어난 뒤, 일단은 길을 따라 걸었다. 도시가 점점 작아지다가 이내 사라지고 인기척이 없는 것을 확인하고 길을 벗어나 정령술로 하늘을 날았다.

목적지는 바위 집이었다. 리오는 설치한 장소를 몰라서 아이시아가 안내했다. 그리고 몇 분 뒤.

"저기."

바위 집에 도착했다. 아이시아가 가리킨 암석 지대 한쪽에 착지했다. 문은 이미 열렸고 라티파가 손을 크게 흔들었다. 사라 일행의 계약 정령이 실체화한 아이시아가 다가오는 것을 느꼈을 것이다.

"어서 와, 오빠, 아이시아 언니!"

라티파는 리오가 착지하자마자 힘차게 달려가 안겼다.

몇 주의 빈자리를 메우려는 듯 세게 끌어안았다.

"응, 다녀왔어."

리오가 라티파의 머리를 쓰다듬었다.

"나, 나 들었어! 리제롯테 씨 집에 간다는 거 정말이야?! 정말 나도 가도 돼?!"

라티파가 리오의 얼굴을 쳐다보며 천진난만하게 물었다.

"물론이지. 라티파가 가고 싶다면."

"갈래! 오빠가 말해줬을 때부터 계속 가보고 싶었어!"

"이제부터 아망드에 있는 리제롯테 씨의 집에 가서 일정을 조정할 건데 그 전에 이야기하려고 왔어. 미하루 씨도 가도 되죠?"

리오가 미하루의 생각을 물었다.

"네, 꼭 가고 싶어요……. 그리고 어, 어서 와요. 하루토 씨. 오랜만이에요."

미하루가 어색하게 고개를 끄덕이고 묘하게 딱딱하게, 조심스럽게 리오에게 말했다.

"……네, 다녀왔습니다. 오랜만이에요."

리오가 조금 쑥스러워하며 대답했다. 미하루와 몇 주 만에 만났다. 괜히 쑥스러운 건 그것 때문일까?

"자, 들어가요."

사라가 짝짝 손뼉을 치고 현관으로 걸어갔다.

"가자, 오빠."

라티파가 리오 옆에 붙어 팔짱을 꼈다. 그래서 일단 안으로 들어가기로 했다.

◇ ◇ ◇

바위 집 거실.

"라티파와 미하루 씨는 가기로 했고 리제롯테 씨와 세리아와 아이시아가 출석하니까 이제 사츠키 씨만 외출 허락을 받으면 정식으로 식사 모임을 열 수 있겠어요. 인원은 저를 포함해 일곱 명이네요."

모두 소파에 앉자 먼저 리오가 식사 모임 이야기를 꺼냈다.

"외출 허락 받으면 좋겠다! 아니, 반드시 허락해야 해! 그런데……."

의기양양하게 말하던 라티파가 옆에 앉은 리오의 얼굴을 물끄러미 올려다봤다.

"……왜 그래?"

묘한 박력에 리오가 당황했다.

"오빠가 세리아 씨를 세리아라고 불렀어!"

라티파가 그 부분을 물고 늘어졌다. 이미 알고 있던 사라, 오피아, 아르마는 역시 안 넘어가네, 라는 얼굴이었지만, 라티파와 마찬가지로 처음 들은 미하루도 놀라서 눈이 동그래졌다.

'……또 이 이야기.'

아무래도 리오가 생각한 것보다 중요한 문제인 모양이

었다.

"왜?!"

라티파가 얼굴을 들이밀며 물었다.

"로다니아로 이동하다가 왕녀님을 호위하게 됐어. 같이 있는 동안 선생님이라고 부를 수는 없잖아?"

리오가 난처해하며 대답했다.

"음, 그렇긴 한데…… . 좋겠다."

"라티파는 진작에 이름으로 부르잖아."

"그렇지만! 갑자기 다르게 부르니까 거리가 가까워진 것 같다고!"

라티파는 처음부터 라티파라고 불렸다. 그래서 그런 걸 느껴보고 싶어서 부럽다고 주장했다.

"억지잖아…… ."

리오는 쩔쩔맸다.

"다들 부럽지?! 오빠가 편하게 불렀으면 좋겠지?"

라티파가 그곳에 있는 소녀들에게 직구를 던졌다.

"우리는…… ."

사라, 오피아, 아르마가 서로를 쳐다봤다.

"우리는?"

"편하게 불리는 상상을 하니 너무 창피해서 안 하기로 했어."

라티파의 물음에 오피아가 에헤헤 웃으며 말했다.

"으…… 이해는 가. 아이시아 언니는…… ."

"나는 처음부터 편하게 불렀어. 이대로면 돼."

아이시아가 대답했다.

"아이시아 언니는 그런 타입이구나……. 미하루 언니는?"

라티파가 마지막으로 미하루에게 물었다.

"응? 나, 나?"

"응! 오빠가 편하게 불렀으면 좋겠어?"

"하, 하루토 씨가……."

미하루가 리오를 힐끗 보았다.

미하루. 머릿속에 리오의 목소리가 재생됐다.

"그, 글쎄?"

미하루가 얼굴을 붉히고 말했다.

"불러줬으면 좋겠구나?"

라티파가 결정지었다.

"아, 아니야! 아……아닌가?"

세차게 반발했지만, 미하루의 말은 의문형으로 끝났다.

"미하루는 바로 표정으로 나오죠."

사라가 의심 가득한 눈으로 말했다.

"그건 사라 언니도 마찬가진데요. 뭐, 미하루 언니는 특히 그렇죠."

아르마가 웬일로 사라의 의견에 동의했다.

'하, 하지만, 미이라고 부르는 거랑은 또 다른 것 같단 말이야!'

미하루는 말로 설명하지 못하고 마음속으로 외쳤다.

"저기……."

리오가 불편해하며 손을 들고 입을 열었다. 이대로 뒀다간 수습이 안 될 것 같았다. 모두의 시선이 리오에게 쏠렸다.

"조금…… 아니, 제법 진지한 이야기니까 일단 하던 이야기를 계속 할게요."

리오가 큼큼 헛기침하고 제안했다.

"……제법 진지한 이야기?"

사라가 진지한 표정으로 물었다.

"……라티파에 관해서요."

리오가 옆에 앉은 라티파를 보며 대답했다.

"나?"

라티파가 눈을 깜빡였다.

"응, 라티파의 과거 말이야. 솔직히 이 이야기를 해야 하나 고민했는데 식사 모임에 참가하려면 해야 한다고 생각했어."

"……응. 뭔데?"

라티파는 표정이 살짝 어두워졌지만, 진지한 얼굴로 고개를 끄덕였다. 과거 일은 떠올리고 싶지 않지만, 리오를 믿기에.

이렇게 진지한 얼굴로 말을 꺼냈단 것은 생각하고, 생각한 끝에 한 말일 것이었다. 그리고 이 자리에 있는 사람들이라면 자신의 과거를 말해도 괜찮았다.

"여러분은 아시겠지만, 라티파는 노예였습니다."

리오가 먼저 전제가 되는 사실부터 과감하게 말했다.

"그 이야기는 미하루 언니도 알아. 전에 내가 말했어. 암살자로 자랐다는 것도."

라티파가 그 사실을 아는 사람의 범위를 정정했다.

"······그랬구나."

리오는 놀랐다.

"응. 미하루 언니가 마을에 있을 적에 연회에 출석할지 말지 고민하던 때 잠깐 대화했는데 그때 내 과거도 말했어."

"그래······?"

"응. 말 끊어서 미안해. 계속해, 오빠."

라티파가 평소보다 어른스러운 얼굴로 리오에게 부탁했다.

"······실은 라티파를 노예로 키웠을지도 모르는 귀족이 레스토라시온에 있어."

리오가 드디어 말했다.

"······?!"

아이시아를 제외한 모든 사람이 몹시 놀랐다.

"그, 래?"

라티파가 조심스럽게 물었다.

"응. 이름은 구스타브 유그노. 공작가의 당주로 스튜어드라는 장남이 있어."

"스튜어드······."

라티파가 괴로운 표정을 지었다. 잊지 못했다. 자기를 오라버니라고 부르게 하고 심심하면 감옥으로 와서 라티파를 장난감 취급한 남자였다. 암살에 지장을 줄 정도의 폭력을 행사하지는 않았지만, 치유 마법으로 쉽게 나을 정도의 폭력은 마음껏 휘둘렀다.

"자, 잠깐만요! 구스타브 유그노라니, 유그노 공작이라고 불리는 그 사람 말입니까?"

사라가 서둘러 동일인물인지 확인했다.

"네. 레스토라시온 소속 왕후 귀족 중 크리스티나 왕녀와 플로라 왕녀를 제외하면 가장 높은 거물입니다."

"……그 남자가 라티파를……."

사라가 이를 악물고 주먹을 틀어쥐었다.

"가능성이 매우 크긴 하지만, 말하지 않아서 죄송합니다. 라티파 일은 라티파도 있는 곳에서 설명하고 싶었어요."

"아, 아뇨. 그건 상관없습니다만……."

리오가 사과하자 사라가 황급히 고개를 저었다. 동일인물이라고 단정할 수 없는 것은 라티파도 유그노 공작의 얼굴과 이름을 모르기 때문이었다. 암살에 실패해 정보를 발설해야 할 때는 예속의 목걸이로 자살하게 했지만, 그래도 만약의 사태에 대비해 가문 이름은 가르쳐주지 않았다. 그래도 라티파가 얼굴을 보고 판단하면 동일인물이라고 특정할 수 있었다.

"이 이야기를 꺼낸 건 라티파가 식사 모임에 가면 적지 않은 귀족과 엮일 것 같아서고 앞으로 여러분이 세리아를 만나러 로다니아로 갈 때 유그노 공작과 만날 가능성도 충분히 있기 때문이에요."

리오가 지금 이 이야기를 하는 의도를 설명했다.

"그렇군요."

사라 일행이 얼굴을 찌푸리고 받아들였다.

"리제롯테 씨에게는 라티파의 과거를 알리지 않았고 사정이 있으니 벨트람 왕국 귀족에게 이름을 알리지 말아 달라고 설명했습니다. 그래서 리제롯테 씨의 저택에서 멤버를 엄선해 식사 모임을 열게 된 거예요. 사츠키 씨가 외출 허가를 받을 수 있게 폐하와 교섭하러 가겠다고도 했고요."

"개인적으로 대화할 시간은 거의 없었지만, 정말 좋은 사람이군요."

오피아가 조용히 말했다.

"네. 그래서 라티파가 앞으로도 리제롯테 씨하고만 친하게 지내면 비밀은 지켜지겠지만, 만나는 횟수가 잦아지면 소문이 퍼질 우려가 있어요. 그리고 라티파도 아망드로 갈 때는 이 이름으로는 어려워요. 가명을 만들어야겠죠. 그러니까 밝혀야 한다고 생각합니다. 라티파의 미래에 크게 관여할 테니까요."

리오는 거기서 말을 멈추고 라티파를 보았다.

"라티파는 앞으로 어떻게 하고 싶어? 아망드 이외에도 외출할 기회를 늘리려면 나처럼 이름을 바꾸고 살아야 할지도 몰라. 리제롯테 씨에게도 라티파의 이름은 말하지 않았으니까 본명처럼 가명으로 살아야겠지. 물론 이제까지 해온 것처럼 이 집에서 산다면 큰 문제는 일어나지 않을 거야. 밖에 나가고 싶지만, 유그노 공작과 가까워지고 싶지 않다면 내가 어떻게든 해볼게. 그러니까 지금 이 이야기를 듣고 라티파가 무슨 생각을 했는지, 어떻게 하고 싶은지 가르쳐줬으면 해."

리오가 라티파를 보고 열렬히 호소하며 뜻을 물었다.

"오빠……."

라티파는 입을 꾹 닫았다. 유그노 공작을 생각하면 괴롭지만 리오가 이렇게까지 자신을 생각해줘서 기뻤다.

"물론 당장 대답해달라고 하지 않을 거니까 나중에 말해도 돼."

리오가 말을 마치고 마음을 가라앉히려는 듯 작게 숨을 내쉬었다.

"……나는, 할 수 있다면 마을 밖의 세상을 더 보고 싶어. 나를 노예로 삼은 인간과 만나고 싶지 않지만, 오빠의 동생으로서 옆에 있을 수 있다면 밖으로 나가고 싶은 마음이 더 커. 세리아 씨를 만나러 가고, 로다니아로 가서 그 사람을 만나야 해도 참을 수 있어. 물론 가명으로 살아야겠지만."

라티파가 곰곰이 자기 생각을 말했다.

"그렇구나……. 알았어."

리오는 깊고 천천히 고개를 끄덕였다.

"그런데 리제롯테 씨는 진짜 나로서 만나고 싶어. 만나서 진짜 나를 알려주고 싶어. 그러니까 가명이 아니라 라티파로 만날래. 안 될까?"

라티파가 자기 생각을 더 밝히고 리오의 얼굴을 들여다봤다.

"안 되기는. 그렇다면 리제롯테 씨에게 그렇게 설명할게. 맡겨줘."

리오가 가슴에 손을 대고 보증했다.

"고마워, 오빠!"

라티파가 감격해서 리오에게 안겼다. 미하루와 사라 일행이 그 모습을 흐뭇하게 바라보았다.

다음 날, 리제롯테의 저택에 들른 리오는 라티파의 생각을 전했다. 때마침 왕도에서 프랑수아에게 사츠키의 외출 허가도 받았다며 무사히 식사 모임을 열게 됐다는 보고를 받았다.

3주 후, 식사 모임이 열리고 친목을 다지기 위해 리오에게 참으로 가혹한 벌칙 게임이 주어지는데 참으로 파란만장하고 최고로 소란스럽고 따뜻한 휴식시간이었다.

그리고 일주일 후, 리오는 불안하게 배웅하는 미하루 일행에게 작별을 고하고 드디어 프로키시아 제국으로 떠났다.

정령환상기

❰ 막간 ❱ ✤ 담합

프로키시아 제국 제도 니드가르트에 있는 성의 방에서. 국경에서의 전투로 사라 일행에게 패배했지만 구사일생한 알레인, 루치, 벤이 조금 전 일을 보고하기 위해 한 남자를 만나러 왔다.

마지막으로 만났을 때와 크게 달라진 남자의 모습에 압도당해 마른 침을 삼킨 그들에게 남자는 이상한 목소리로 물었다. 볼일이 무엇이냐고.

애송이를 상대로 싸우다 도리어 당했다고 솔직하게 말하기 어려운 분위기였지만, 그들은 하는 수없이 있는 그대로의 사실을 보고했다.

그리고 리오 이야기가 나오자.

"······뭐라고?"

남자가 자아내던 노기가 한층 커졌다.

"윽······."

그들은 심장을 움켜잡힌 듯한 공포에 휩싸여 몸을 움츠렸다.

"레이스는 지금 어디 있지?"

남자가 물었다.

"레이스 님은, 황제 곁에······."

알레인이 숨을 삼키고 대답하자 남자는 벌떡 일어나 홀

로 방을 나갔다.

"그놈은 내 사냥감이다. 레이스."

저주를 읊듯 중얼거리며……. 방에는 알레인, 루치, 벤만 남았다.

솔직히 살아있는 것 같지가 않았다. 지난 전투에서 리오와 사라 일행을 상대했을 때도 느꼈던 죽음의 공포. 저렇게 불쾌해하는 모습은 처음 봤다.

수십 초 동안 방에 침묵이 깔렸다. 잠시 뒤, 얼굴을 마주볼 정도로 마음에 여유가 생기자…….

"……잠깐 못 본 사이에 단장에게 무슨 일이 벌어진 거야?"

루치가 굳은 얼굴로 중얼거렸다.

그 무렵 성 본관 높은 층에 있는 발코니.

"오랜만에 나타났다 했더니 또 할 말이 있을 줄이야. 여전히 신출귀몰한 남자로군. 아니, 악령이나 악마라고 해야 하나?"

황제 니들 프로키시아가 근처에 서 있는 레이스를 보며 말했다.

"황제인 당신께서 자유롭게 돌아다닐 수는 없으니 제가 뒤에서 받쳐드려야 하지 않겠습니까. 저도 요즘 한 소년 덕분에 조금씩 이름이 퍼지는 것 같습니다만…… 곤란하네요. 정말."

레이스가 한탄했다.

"오호라. 네가 할 말이라는 게 그 꼬마와 연관된 것이로 군."

"네. 직접 올 때까지 기다려보죠. 알레인에게 보고하라 고 시켰으니 직접 올 겁니다. 아, 호랑이도 제 말하면 온다 더니."

그 순간, 니들과 레이스의 시선이 발코니 한 곳을 향했다.

"어이, 레이스."

루시우스가 어디선가 나타나 발코니에 착지했다.

"오랜만이에요, 루시우스 님. 기다리고 있었어요. 건강 해 보여서 다행입니다."

"······그렇게 부르지 좀 마. 존경하지도 않는 주제에. 역겨 워. 네가 나를 그렇게 부를 때는 귀찮은 일을 떠넘길 때야."

붙임성 좋게 대답한 레이스에게 루시우스가 질린 얼굴 로 내뱉었다.

"다른 단원 앞에서도 루시우스 님이라고 부르는데요. 뭐, 그렇다 쳐요. 알레인에게서 이야기는 들었습니까?"

"나한테는 간섭하지 않는 게 최고라고 해놓고 그 자식한 테 손댔다지?"

쓸데없는 짓거리나 하고, 루시우스가 저주해 죽일듯이 레이스를 노려봤다.

"어쩔 수 없지 않습니까. 우리 계획에 지장을 줄 곤란한 타이밍마다 나타났으니까요. 이렇게 되니 인연 비스무리한 것까지 느껴져요."

레이스가 과장되게 어깨를 으쓱했다.

"그 자식은 내 사냥감이다. 괜한 짓거리를……."

"그렇게 노려보지 마세요. 어쨌든 잃어버린 부위의 새로운 파츠가 익숙해질 때까지 당신은 요양해야 합니다. 저는 그동안에도 계획을 이행하려고 돌아다녔어요. 덕분에 그 사람이 어디 있는지 알아냈다고요?"

"그 자식은 지금 어디 있지? 벨트람의 로다니아냐? 가르아크의 아망드?"

"그건 가르쳐줄 수 없어요. 가르쳐주면 지금 당장 날아갈 거잖아요, 당신."

"말은 그렇게 하고 또 손댈 셈이지?"

"그럴 리가요. 오히려 제 지시대로 움직여준다면 그와 다시 싸울 기회를 준비해줄 생각까지 했다고요, 저는."

"……네 말은 믿을 수가 없어."

루시우스가 레이스를 수상쩍게 쳐다봤다.

"그를 손대면 안 된다고 생각했는데 그에게 간섭했을 때의 손해와 그냥 뒀을 때의 손해를 비교해보니 후자가 더 위험할 것 같더군요. 그래서 지금은 과감하게 대처해야 한다고 고민하고 고민한 끝에 내린 결정입니다. 앞으로 우리 계획이 최종단계에 돌입했을 때, 그가 특정 전장에 나타나면 돌이킬 수 없는 사태가 벌어질 거예요."

"……그렇게 강하단 말인가, 그 꼬마가."

그때, 니들이 처음으로 관심을 보였다.

"네, 뭐……. 신마전쟁기의 대영웅급에 들어간다고 생각했습니다만, 직접 싸워보니 상향 수정해야겠더군요. 각성한 용사급이나 있을 수 없는 일이지만, 자칫하면 옛날의 **초월자**에 버금갈지도 모릅니다."

레이스가 입가에 손을 대고 리오의 실력을 따졌다.

"재미있군……."

니들이 입가가 씩 비틀렸다.

"그 자식은 내 사냥감이다."

루시우스가 얼굴을 찌푸리고 니들을 견제했다.

"홋, 한 번 참패했지 않나? 그래서 왼쪽 눈과 왼팔을 잃었지."

니들이 루시우스의 얼굴과 왼팔을 보고 비웃었다. 그의 왼쪽 눈은 안대로 가려져 있었다. 거기에 왼팔은 말 그대로 리오가 불태워 없앴는데 어떻게 된 일인지 제자리에 있었다.

"그 대가로 얻은 눈과 팔로 너를 먼저 끝장내줄까?"

루시우스가 왼손을 들어 위협했다.

"호오?"

니들이 호전적인 미소를 지었고 두 사람은 일촉즉발에 상태에 들어갔다.

"두 분, 그만 하세요. 지금은 동료끼리 싸울 때가 아닙니다."

"동료가 된 기억은 없는데."

루시우스가 중재하는 레이스를 물고 늘어졌다.

"어휴……. 그 사람과 싸우고 싶지 않아요?"

"싸울 거야. 하지만 내 사냥감이다. 누구도 방해 못 해."

"당신은 지금 기껏해야 신마전쟁기 대영웅급. 그와 정면으로 싸우기에는 아직 힘이 부족해요."

"글쎄?"

루시우스는 물러나지 않고 레이스를 노려봤다.

'이런. 생각보다 토라진 모양이군요. 하지만 그를 쓰러뜨리려면 이 남자의 힘이 필요합니다. 으음, 어떻게 하죠?'

레이스는 크게 고개를 저었다.

"알겠습니다. 그럼 일단 당신은 저와 함께 루비아 왕국으로 가죠. 먼저 처리하고 싶은 다른 일이 있어서요. 그쪽에서 협력해준다면 누구의 방해도 받지 않고 그와 싸울 자리를 만들어드리죠. 그 계획도 다른 일을 처리한 후에 설명하겠습니다."

레이스가 양보하고 루시우스에게 제안했다.

"……좋아."

루시우스가 레이스를 노려보며 생각한 끝에 고개를 끄덕였다.

"좋아요. 알레인과 벤, 루치도 데려갈 거니까 여행 준비를 하라고 전해주세요. 바로 데리러 가겠습니다."

"흥."

루시우스는 아무 말 없이 코웃음 치고 발을 돌려 발코니에서 뛰어내렸다.

"니들 씨도 부탁 하나 들어주시겠어요?"

레이스가 뒤돌아 니들을 보고 생긋 웃으며 말했다.

"사악한 얼굴이군. 성에서 지내기 따분하던 참이다. 조금이나마 무료함을 달래줄 안건이겠지?"

니들이 내키지 않은지 물었다.

"네. 그가 여기 프로키시아 제국 성에 잠입할 가능성이 매우 커졌거든요. 다만, 그의 관심이 프로키시아 제국에 너무 쏠리면 안 됩니다. 그래서 그에게 전언을 부탁하고 싶어요."

"호오? 좋다. 말해봐라."

갑자기 니들의 기분이 좋아졌다.

◇ ◇ ◇

한편, 루시우스는 알레인 일행이 있는 방으로 돌아왔다.

"다, 단장!"

알레인 일행이 재빠르게 일어섰다.

"어이, 루치. 지금 당장 쓸 수 있는 전이 결정을 최대한 준비해. 레이스 그 자식은 모르게."

"네……?"

돌아오자마자 떨어진 루시우스의 명령에 루치가 당황했다.

"뭐 하고 있어? 곧 출발한다. 서둘러. 레이스 그놈이 올 거야."

"네, 네!"

루시우스의 질책에 루치가 방에서 뛰쳐나갔다.

'네 지시대로 따라줄 생각은 없어, 레이스.'

루시우스는 무서운 얼굴로 거친 소리를 내며 소파에 앉았다.

　𝕂　제 7 장　𝕁　❋　프로키시아 성의 어둠

사츠키, 리제롯테와의 식사 모임이 끝나고 일주일이 흐른 오늘. 리오는 프로키시아 제국 제도 니드가르트에 도착했다.

레이스가 프로키시아 제국의 대사라는 것이 거의 확정됐고 루시우스와 엮인 것을 안 이상, 내버려 둘 수 없는 나라였다.

정령술로 날아서 이동해 제도와 가까운 길 근처에 착지해 걸어서 제도로 접근했다. 성벽 밖에 벽의 보호를 받지 못하는 주택가가 펼쳐졌다.

'도시가 제법 큰걸. 제국을 자처할 정도는 되네.'

도시 면적만 따지면 가르아크 왕국과 벨트람 왕국 왕도를 능가했다.

단지 성벽 외부 도시 경비가 약간 소홀해서 치안이 안좋아 보였다. 왠지 흐리멍덩한 분위기가 감돌았다.

'성벽 외부가 어두침침한 것과 대조적으로 성은 훌륭하군.'

리오는 멀리 보이는 제국의 성을 응시했다. 눈에 비치는 성은 실로 웅장하고 화려했다.

'무슨 결계지?'

리오는 멀리서도 프로키시아 성에 결계가 쳐있는 것을 간파했다. 교묘하게 은닉했지만, 살짝 위화감이 들어 쳐다

보니 성을 감싸듯이 원기둥 모양의 마술 결계가 펼쳐진 것을 알았다.

결계 마술은 술식 구조가 복잡해서 슈트랄 지방의 마술 수준으로는 아직 실용화가 어려운 마술이었다. 고대 마도구를 부분적으로 해석해 한정적으로 실용화한 나라도 있지만, 마력원 확보에 필요한 비용면에서 어려움이 있어서 대규모 결계 마술은 단념해야 하는 것이 현재 슈트랄 지방 각국의 일반적인 상황이었다. 일상적으로는 소규모로 기껏해야 요인 주변을 감싸는 정도로 사용했다.

그러나 지금 제국의 성을 에워싼 마술 결계는 대규모 결계로 분류됐다. 정령의 주민의 마을에서 사용한 초대규모 결계에는 못 미치지만, 슈트랄 지방의 일반적인 결계 마술 수준을 능가했다.

'……여기서는 무슨 결계인지 모르겠어. 일단 성벽 안으로 들어가자.'

성벽 밖에서 제도 관찰은 이쯤하고 리오는 제도로 들어가기로 했다. 걸어서 약 한 시간. 적당한 노점에 멈춰서 제도 정세를 확인하고 성문 하나에 도착했다. 그리고 입도세를 내고 성벽 내부 영역에 발을 들였다.

'안쪽으로 갈수록 노골적으로 생활 수준이 향상되고 치안도 좋아.'

그랬다. 성벽 안쪽은 성벽 밖과 사는 세상이 달랐다.

성벽 밖도 성벽에 얼마나 가까운지에 따라 생활 수준이

높아지는 것을 엿볼 수 있었는데 성벽 내부에 들어오니 눈에 띄게 풍족함이 느껴졌다.

걸어 다니는 사람들의 옷은 물론, 얼굴에 패기가 있고 가는 곳마다 노점이 있어 활기가 넘쳤다. 건물도 아름답고 도시는 잘 관리되고 병사가 수시로 순찰했다.

어느 도시나 성벽 안과 밖으로 사는 세계가 갈리지만, 이렇게까지 성벽 내부 개발을 우선하고 힘을 쏟는 도시는 드물었다.

'니들 프로키시아, 용병 출신 황제라…….'

약육강식. 참 용병답다고 해야 하나, 바로 그런 가치관으로 나라를 통치하는 것일까.

리오는 도시를 관찰하며 성으로 다가갔다. 그리고 일반인이 허락 없이 들어갈 수 없는 한계까지 다가가 성을 관찰했다.

'침입자 탐지 효과가 있는 건 분명한데…… 귀찮게 됐네. 다른 효과가 있을지도 모르고 가까이에서 결계를 조사하자니 낮에는 경비병이 있어.'

아무리 리오라도 낮에 경비가 엄중한 성에는 접근하기 어려웠다. 레이스가 있을지도 모르는 성에 말이다.

'일단 밤이 되길 기다리자.'

리오는 적당한 여관방을 잡고 조금 더 프로키시아 제국을 조사하기로 했다.

◇ ◇ ◇

제도의 민중이 잠든 깊은 밤.

그 뒤로 대단한 정보는 얻지 못했다. 시간을 들여 오랫동안 조사해도 되지만, 인연이 없으면 정보를 얻을 가능성이 적었다.

결국 리오는 하이리스크 하이리턴을 선택했다. 창문으로 몰래 여관을 나가 검은 옷을 둘러 얼굴을 가리고 행동을 개시했다.

목표는 성, 성벽 내부에 있는 성벽 몇 개를 넘고 순조롭게 제도 안쪽으로 진입했다. 밤의 제도, 특히 성벽 내부 주택가는 고요했고 때때로 순찰하는 병사 외에 돌아다니는 사람은 보이지 않았다.

귀족 거리를 지나 성에 접근한 어느 지점에서 갑자기 길이 끊기고 전망 좋은 석조 광장이 나타났다. 광장 끝에는 두껍고 높은 석벽으로 덮인 성이 솟아있었다. 리오는 광장에 들어가기 직전에 걸음을 멈췄다.

'화톳불이 타오르고 순찰하는 병사가 많아. 결계 범위도 딱 성벽을 덮게 계산해서 전개했어. 일단 성 주위를 둘러볼까?'

가능성은 적지만, 결계에 틈이 있을지도 몰랐다. 리오는 결계가 쳐진 성 부근을 돌아보기로 했다. 일단 지상을 달리며 돌파구를 찾았다.

그러나 틈다운 틈은 찾지 못했다. 적어도 지상에서 결계에 탐지되지 않고 침입할 수는 없는 모양이었다.

그렇다면 하늘로 침입을 시도하거나 결계에 간섭해 무효화 하는 방법만 남았다. 하지만 후자는 되도록 피하고 싶었다. 결계에 함부로 간섭하면 결계 종류에 따라 즉시 탐지될지도 몰랐다. 그렇다면 전자부터 시도해봐야 했다.

리오는 하늘로 날아올라 결계보다 높은 곳에서 성을 내려다보았다.

'결계 위쪽에 희미하게 틈이 있어. 물론 함정일 가능성도 있지만…….'

마력이 닿지 않는지 결계 위쪽에서 지나갈 만한 틈을 발견했다.

함정일 수도 있어서 결계 성질을 조사하는 편이 나을 수도 있지만, 오히려 그 점을 노린 요격용 마술로 공격당할 위험도 있었다.

다른 침입 경로는 찾지 못했다. 일부만 아는 비밀 통로라도 존재하지 않는 한, 조사하지 않은 곳이 없었다.

내일 이후로 새로운 침입 경로를 운 좋게 찾을지도 모른다는 생각은 낙관적인 것이고 이 결계의 틈이 일시적인 현상이라 내일이 되면 메워질 가능성도 있었다.

'들어가 보자.'

리오는 잠시 망설인 끝에 결계 틈을 지나 안으로 들어가기로 했다. 처음부터 다소의 리스크는 감당할 생각이었고 여차하면 거친 조사도 염두에 뒀다. 이 성에 루시우스를 아는 사람이 있을지도 모르는 이상, 여기서 주저해서는 안 됐다.

정원 안에 경비병이 많아서 일단 지붕 위에 착지하고 어둠에 섞여 성으로 들어갔다. 우선 가능한 한 성 내부구조를 파악해야 했다.

리오는 불 꺼진 상층부 창문으로 성에 잠입했다. 안에 아무도 없는 것을 확인하고 순찰하는 병사를 경계하며 통로로 나갔다.

'……아무도 없잖아? 마력탐지용 마도구도 없는 것 같고.'

그러나 통로에도 경비병은 없었다. 리오의 눈이 휘둥그레졌다.

성 내부는 빛 한 점 없이 새까맸고 기분 나쁠 정도로 조용했다. 슥 둘러봐도 탐지 마술로 발생하는 마력 흔적조차 없었다.

'정원에는 경비병이 그렇게 많았는데…… 역시 함정인가?'

한순간 함정을 의심했지만, 당장 소란이 벌어질 기미도 보이지 않아 기분 탓이려니 했다.

하지만 뭔가 좋지 않았다. 경비병이 한 명도 없어서 마치 속은 듯한 착각마저 들었다.

리오는 고개를 젓고 좀 더 성을 조사해보기로 했다. 순찰하는 병사는 만나지 않았지만, 만약을 대비해 당당하게 걸어 다니는 짓은 하지 않았다.

성은 엄밀하게는 여러 개의 건물로 구성되어 있는데 지금 있는 곳은 본관——알현실과 집무실, 회의실 등 주로 행정·군사 공무로 사용하는 시설이 밀집한 건물—— 상층이었다.

일반적인 성이라면 본관에 병사 초소가 있을 텐데 아무도 없는지 인기척이 하나도 없었다.

'일단 아래층으로 내려가 보자. 아무도 없으면 다른 건물로 가고.'

어딘가에 거관——황족이나 성에서 일하는 귀족이 지내는 건물——으로 쓰는 건물이 적어도 하나 이상은 있을 터였다.

잘 잠입하기만 하면 그곳에 있는 사람에게서 정보를 뽑아낼 수 있었다. 리오의 이번 목표는 병사가 아니라 어느 정도 지위에 있는 인물이었다. 그런 인물일수록 발이 넓을 테니 정보원으로 쓸만할 가능성이 컸다.

하지만 지금 있는 건물에 병사 외의 누군가가 있을 가능성도 있어서 눈에 띄는 방에 침입해보기로 했다. 그러나 모조리 엄중하게 잠겨져 있었고 인기척도 없었다.

결국, 리오는 복도를 지나 아래층으로 내려갔다.

본관은 방어를 위해 1층과 2층에 출입구가 없는 것이 일반적이라 출입하려면 다른 건물과 다리로 이어진 3층 출입구를 지나야 했다.

리오는 아무 창문으로 나가 하늘을 날아서 다른 건물로

잠입할 수 있지만, 지금은 성 내부구조를 확인해야 하니 걷기로 했다. 어둠에 몸을 숨기고 신중하게 걸음을 옮겼다.

그리고 다른 건물과 연결통로로 쓰는 3층 다리 위에서 드디어 경비병을 발견했다. 다른 건물로 이어진 다리는 총 다섯 개. 그중 네 개에 경비병이 있었다.

잠입하는 쪽에서 보면 좋지 못한 상황이었지만, 리오는 드디어 병사를 발견하고 왠지 모르게 안심했다. 그러면서 곧바로 어느 건물로 이동할지 생각했다.

'일단 경비가 없는 곳부터 확인할까. 그쪽 구조도 파악해 놓자. 이상하게 크긴 하지만……'

고민한 끝에 우선 경계가 삼엄하지 않은 건물부터 탐색하기로 했다. 경비 수준을 보면 누군가 있을 가능성은 작지만, 구조를 알아두면 나중에 도움이 될지도 몰랐다.

리오는 조용히, 재빠르게 다리를 건넜다.

'……여기는 뭐지? 훈련장? 아니, 투기장인가?'

그곳은 원형 투기장처럼 생긴 건물이었다. 뚫린 천장으로 은은한 달빛이 들어와 안을 비추었다. 지금 리오가 있는 곳은 관객석 위쪽 부근이었다. 아래에 필드로 보이는 벌판이 펼쳐졌다.

'이런 데에 경비를 둘 리 없지. 보아하니 내부구조를 확인할 필요도 없겠어.'

리오는 관심을 잃고 발을 돌려 본관으로 돌아가기로 했다.

"……?!"

그때, 침입했을 때부터 정령술로 신체를 강화해 예리하게 가다듬은 리오의 감각이 희미한 기척을 탐지했다. 그 직후, 기척의 주인이 리오에게 접근했다.

리오는 황급히 그곳에서 벗어났다.

"호오, 어둠을 틈탄 짐의 작은 기척을 읽었나. 역시 괜히 결계를 뚫고 여기까지 침입한 게 아니군. 짐은 황제 니들 프로키시아. 환영한다, 발칙한 침입자여."

그곳에는 프로키시아 제국 초대 황제를 자처하는 바위 같은 남자가 환하게 웃으며 서 있었다.

◇ ◇ ◇

리오는 갑자기 나타난 바위 같은 남자를 후드 밑으로 의아하게 쳐다봤다.

"왜 그러나, 황제를 뵙고 두려움에 떠는 건가? 좋다, 발언을 허락한다. 뭔가 할 말이라도 있나?"

니들 프로키시아를 자처한 남자가 두 팔을 펼치고 리오에게 존엄하게 물었다. 그의 오른손에는 일반적으로 양손검으로 쓸 법한 검은색 대검이 가볍게 들려있었다.

"……내가 결계를 뚫고 침입한 줄 어떻게 알았지?"

리오는 눈앞에 있는 남자를 일부러 황제로 보지 않고 동요를 억누르듯 질문에 질문으로 대답했다.

"흐하하, 황제를 상대로 얼굴을 숨긴 데다 그 불경한 말투……. 뭐, 좋다. 하지만 그런 걸 네게 일일이 가르쳐줄 이유도 없지."

니들이 즐겁게 웃고 쌀쌀맞게 고개를 저었다.

'……그러시겠지. 그런 건 상관없어. 니들 프로키시아. 이 남자가 이 나라의 황제?'

처음부터 순순히 대답해줄 리 없다고 생각하긴 했지만, 앞에 있는 인물이 니들 프로키시아 본인인지 리오는 반신반의했다.

"네가 정체를 밝히지 않겠다면 짐은 힘으로 굴복시킬 따름이다. 각오는 됐나? 애송이."

니들이 편하게 검을 들었다.

동시에 리오도 망설임 없이 품에서 단검 두 자루를 뽑았다. 한 자루는 거꾸로 들고 전투태세에 들어갔다.

"흐하하, 암살자인가, 도둑인가, 아니면…… 뭐, 무엇이든 좋다. 지금 짐은 참으로 기분이 좋다. 여기까지 침입한 건 네가 처음이니 상을 주마. 멋지게 짐을 쓰러뜨리면 이목을 하사하지 못할 것도 없지."

니들이 눈을 크게 뜨고 말을 마치자마자 갑자기 리오를 공격했다.

'빠르다!'

리오는 니들의 신체 능력에 놀라며 자신도 직진해 정면에서 니들을 받아쳤다. 니들이 가볍게 내리친 대검을 피하고 스치며 니들의 허벅지를 벴다. 그러나 쇳소리와 비슷한 소리가 나며 단검이 튕겨 나갔다.

'금속 갑옷은 입지 않았어. 미늘 갑옷인가? 아니야, 손에 온 반응은 더……'

리오는 살짝 숨을 삼켰다.

"흐하하, 좋아, 좋구나. 짐을 더 즐겁게 해봐라."

니들은 고찰할 시간도 주지 않고 리오를 공격했다. 큰 체구에 어울리지 않게 세세하고 틈이 적은 동작으로 대검을 휘둘렀다. 니들이 대검을 휘두를 때마다 관객석이 비스킷처럼 부서졌다.

리오는 재주꾼처럼 니들의 공격을 가볍게 피했다. 종횡무진 돌아다니자 점차 전투 무대가 관객석에서 필드로 이동했다.

"생각보다 재빠르군. 부아가 치밀긴 하지만, 속도로 승부하기에는 불리해보이는군."

니들이 리오를 쫓아 투기장 필드로 내려와 입가를 이완하며 중얼거렸다. 탁 트인 평지는 기동력을 발휘하는 만큼 장애물과 높낮이 차가 있는 관객석보다 훨씬 움직이기 쉬웠다.

리오는 속임수를 쓰듯 좌우로 질주하며 정면으로 니들에게 접근했다.

"흡!"

니들이 대검을 있는 힘껏 바닥에 내리쳤다. 그러자 내리친 부분을 기점으로 검은 불꽃이 폭발하며 전방으로 퍼졌다.

'뭐지, 이 불꽃은……?'

리오가 순식간에 뒤로 물러나 거리를 벌리고 검은 불꽃을 의아하게 쳐다봤다.

"흠, 재빠르고 반응이 좋군. 짐의 검은 사룡의 불꽃을 조종한다. 쉽게 진화하지 못할 거다."

니들이 감탄하고 대검을 옆으로 휘둘렀다. 그러자 검은 불꽃이 한 일 자로 발사돼 필드를 불태웠다.

"……흠. 좀 더 봐줬어야 했나?"

일대가 검은 불꽃으로 뒤덮이고 니들이 질렸다는 투로 중얼거렸다.

"짐과 대등하거나 그 이상으로 검을 맞댄 상대는 오랜만이었던지라 좀 더 즐기고 싶었다만, 겁이 많은 용이로군. 너는…….."

그가 중얼거린 직후, 검은 불꽃 속에서 갑자기 바람 포탄이 날아왔다.

바람 포탄은 검은 불꽃을 흩날리고 흡수까지 하며 일직선으로 니들을 덮쳤다.

"으음!"

니들은 곧바로 대검을 휘둘렀다. 바람 포탄이 대검에 접촉하자 니들의 팔에 압력이 가해지고 찌릿찌릿 대기를 흔들었다.

니들은 검은 불꽃을 띤 바람 포탄을 쳐냈다. 그리고 어느새 나타난 리오가 니들의 품으로 파고들었다.

"훌륭하다!"

니들이 황홀한 미소를 지으며 반사적으로 요격태세를 잡았다. 그러나 선수 친 것은 기습한 리오였다.

리오는 품으로 파고들어 대검을 쥔 니들의 공간을 빼앗고 재빠르게 양손의 단검을 휘둘러 니들을 압도했다.

달빛에 리오의 단검이 수없이 번뜩였다. 니들의 손목에 정확하게 공격이 박혔다.

'착용한 크로스 아머 재료에 비밀이 있었군. 아롱의 피부를 베는 것처럼 단단해.'

리오의 공격은 베는 것보다는 타격이었다. 니들의 옷은 단검 정도의 칼날은 튕겨냈다.

하지만 옷을 통해 대미지는 쌓였다. 급소를 공격하면 경계했지만, 행동불능에 빠지는 것도 시간문제였다.

"흐하하, 이대로 있다간 짐의 패배도 시간문제겠군. 좋아, 좋아. 참으로 좋아. 피가 끓는구나. 생명의 위기란 이런 것인가. 그래, 생각난다."

니들은 궁지에 몰렸는데도 큰소리로 천진하게 웃었다. 마치 진심으로 순수히 전투를 사랑하는 듯이.

리오는 니들이라는 남자의 인간성을 헤아릴 수 없는지 경계하며 공격했다.

"어떠하냐, 짐의 목숨을 빼앗을 절호의 기회다. 단번에 목을 베도 좋다. 짐이 약해지길 기다려봤자 후회만 할 텐데…… 아아, 이미 늦었군."

니들이 빨리 자기를 죽이라고 리오를 재촉했지만, 갑자기 아쉬워하며 어두운 표정을 지었다. 그 직후, 니들이 든 대검과 몸에서 검은 마력이 불꽃처럼 휘몰아쳤다.

리오는 반사적으로 뒤로 물러났다.

"아쉽게도 시간이 됐군. **이제 막을 수 없어.** 어서 도망치는 게 좋을 거다."

니들이 탄식하고 말했다. 휘몰아치는 검은 마력이 니들이 든 대검에 모여들었다.

'저 마력은 위험해.'

리오는 등줄기가 서늘해지는 것을 느끼고 급히 마력을 끌어올렸다.

"……호오. 짐에게 맞서겠다는 건가. 좋다, 좋아. 이런 취향도 참 좋아."

니들이 눈을 동그랗게 뜨고 경악했다. 그리고 호전적으로 입가를 뒤틀었다. 그러는 동안에도 휘몰아치는 검은 마력은 니들의 대검에 모였다.

"승부다."

니들은 곧게 든 대검을 천천히 내렸다. 그 순간, 리오를 향해 방대한 검은 불꽃의 범류가 들이닥쳤다. 투기장이 칠흑의 어둠에 휩싸였다.

그러나 리오는 니들 못지 않은 방대한 마력을 모았는지 들이닥치는 검은 불꽃을 향해 두려워하지 않고 손을 뻗었다.

그 순간, 리오의 손에서 하얀빛이 뿜어져 나왔다. 하얀

빛은 다이아몬드더스트와 같이 빛나며 뻗어나가 검은 불꽃과 충돌했다. 그 직후, 눈 부신 빛이 투기장을 비추고 냉기를 띤 폭풍이 휘몰아쳤다.

니들이 쏜 검은 불꽃은 침식되듯 얼어붙었다. 어느새 리오는 니들의 뒤에 있었다.

"……흠, 약간 마무리가 급하긴 했지만, 이런 고양감을 느낀 게 얼마만인지. 수고했네. 재미있었어. 짐은 약속을 어기지 않으니 상을 주마. 무엇을 원하나? 짐의 목숨인가?"

목덜미에 단검이 들이밀린 니들이 말했다.

"……당신 목숨은 관심 없어. 원하는 건 정보뿐이다."

리오는 잠깐 뜸을 들이고 요구했다. 니들을 죽일 의도로 공격하지 않은 것은 애초에 정보수집이 목적이기 때문이었다.

지금 상황은 예상하지 못한 사태이긴 하지만, 상대가 이 나라의 황제라면 오히려 잘된 일이었다. 루시우스 건도 알고 있을 가능성이 컸다.

"……호오? 네 물음에 짐이 정직하게 대답하는 것을 상으로 원한다고?"

니들이 의외라는 듯이 눈을 크게 뜨고 리오에게 물었다.

"그렇다."

"핫, 좋다. 말해라. 경비병이 달려오기 전에."

리오가 고개를 끄덕이자 니들이 참지 못하고 웃음을 흘리며 명령했다.

"……루시우스라는 용병을 찾고 있다. 이 나라 사람이라면 아는 정보를 가르쳐줘."

"흐, 흐하하하하하하!"

니들이 큰소리로 웃었다.

"……뭐가 웃기지?"

리오가 의아한 표정으로 물었다.

"그래, 그 남자를 찾는가. 그래서 이런 곳까지 잠입했다고. 행동력이 대단하군. 큭큭큭."

"……그 남자를 아나?"

"그래, 알기는 알지. 이 나라 사람은 아니지만."

"그럼 무슨 관계지?"

"짐은 이 나라의 왕이고 그 남자는 유명한 용병단 단장. 계약한 관계라고 해도 이상하지 않지."

니들이 즐거우면서도 당당하게 대답했다.

"그러면 레이스라는 남자는 아나? 이 나라의 대사다."

"……호오, 레이스도 아는가. 분명 짐이 그 남자를 대사로 임명하긴 했다."

"레이스와 루시우스의 관계는?"

살짝 놀란 니들에게 리오가 담담하게 물었다.

"루시우스에게 레이스의 호위를 맡긴 적이 있지만, 짐은 신하의 교우 관계에는 관심이 없다. 레이스는 어지간해서는 귀국하지 않으니 더욱 그렇지. 돌아오자마자 어디론가 사라지는 남자다. 작당하고 이래저래 움직이긴 하는 것 같다만……. 흠, 네 목적은 루시우스와 레이스, 둘 중 어느 쪽인가? 지금 이 자리에서 짐이 가르쳐줄 정보는 한 명 뿐이다."

"……상황 파악이 안 되나? 질문하는 건 나야."

리오가 조용히 손을 움직여 니들의 목에 단검을 댔다.

"조급해하지 마, 꼬마. 곧 경비병이 달려온다고 말했을 텐데. 쓸데없는 이야기할 여유는 없다."

"그러면 루시우스의 소재를 말해. 안다면 말이야."

"……파라디아 왕국. 일상적으로 이웃 나라와 분쟁을 벌이는 나라인데 우리나라가 배후에서 지원하는 동쪽의 소국이다. 아는가?"

"들은 적은 있다."

"그렇다면 이야기가 빠르지. 1년 전인가. 그 녀석은 그때까지 우리나라와 계약 중이었지만, 다음 일자리로 파라디아 왕국을 골랐다. 짐이 내밀히 추천장을 써줬으니 왕실과 계약했을 거다. 지금도 일하는지 어쩌는지는 모르지만, 제1 왕자는 뭔가 알지도 모르겠군."

니들이 대답하고 어깨를 살짝 으쓱했다.

"……."

리오는 침묵하고 생각에 잠겼다. 니들이 자발적으로 공조한다지만, 믿을만한 증거가 없으니 되는 대로 하는 말일 수도 있었다. 과연 이곳을 벗어나도 될까, 리오는 망설였다.

"믿고 말고는 네 마음이다. 어쩌겠나? 짐이 그놈의 소재에 관해 아는 것을 다 말했으니 상은 주었다. 이제부터는 순순히 협력할 의리도 뭣도 없어. 마침 경비병들이 오는 모양이군.”

니들이 뻔뻔하게 웃으며 말했다. 그 말대로 투기장과 이어진 길에서 소란스러운 소리가 들렸다.

‘더 있으면 위험해.’

리오는 미간을 찌푸리고 후퇴를 결심했다.

“아, 그리고 돌아갈 때는 쓸데없이 결계에 접촉하지 말고 침입한 곳으로 돌아가라. 이것도 믿을지 말지는 네 마음이지만.”

니들이 지금 생각났다는 듯이 덧붙였다. 동시에 니들의 몸에서 마력이 뿜어져 나왔다. 리오는 반사적으로 뒷걸음질 쳐 거리를 두고 즉시 내달려 도망쳤다.

‘저 남자는 뭐지?’

리오는 달리며 도약해 관객석으로 올라가 뭐라 말할 수 없는 기분 나쁜 감각에 휩싸이며 아래에 있는 니들을 봤다.

니들은 뻔뻔한 미소를 지으며 리오를 쳐다봤다.

“저기 있다!”

“빨라!”

“동료가 있을지도 모른다! 폐하를 보호하라!”

병사들이 황급히 통일된 동작으로 리오의 포위와 니들의 경호에 들어갔다. 그러나 리오는 추종을 불허하는 속도로 질주해 관객석에서 뻥 뚫린 천장으로 가볍게 뛰어올랐다.

"미, 믿을 수 없는 신체 능력이야……."

"마검사인가?"

병사들이 놀라서 걸음을 멈추고 리오를 올려다봤다.

리오는 마지막으로 니들을 내려다보고 투기장 밖으로 뛰어내리는 척해 추적하는 병사들의 시야에서 모습을 감췄다.

"뛰, 뛰어내렸어?!"

병사들은 어안이 벙벙했다. 리오는 그 틈에 바람의 정령술로 급상승해 결계 틈으로 탈출을 꾀했다. 한편…….

"그렇게 화내지 마라. 짐은 레이스의 지시대로 연기했을 뿐이다. 제법 배우 같았지?"

니들은 즐겁게 웃으며 홀로 선채로 중얼거렸다.

제 8 장 ✤ 자수정의 행방

니들의 정보로 리오가 파라디아 왕국으로 향한 한편.

크리스티나는 레스토라시온 대표 취임 인사와 샤를이 국경 부근에 대규모 부대를 배치한 것을 사과하고 사정을 설명하기 위해 플로라와 히로아키, 로아나를 데리고 가르아크 왕국 왕도 가르투크를 방문했다. 그리고 드디어 모든 일을 마치고 로다니아로 귀환하게 됐다.

크리스티나 일행이 탑승한 마도선 양옆에는 그들을 호위하기 위해 마도선 두 척이 평행 비행 중이었다.

마도선에 탑승해 필요한 서류를 확인하고 정리하던 크리스티나는 일이 일단락되자 플로라와 함께 쉬기로 했다. 방에는 크리스티나와 플로라 외에는 바네사 뿐이었다.

"드디어 돌아가는구나."

차를 머금어 목을 적신 크리스티나가 피로를 내뱉듯이 말했다.

"네."

플로라도 마찬가지로 피곤을 드러내며 맞장구 쳤다.

"돌아가면 잠깐 휴가를 쓸까?"

"네!"

플로라가 이번에는 기뻐하며 고개를 끄덕였다.

"오래 쉴 수는 없겠지만, 휴가 동안 뭐 하고 싶어?"

크리스티나가 물었다.

"저는 언니와 함께 있기만 하면……. 그런데 식사나 차 모임은 어떠세요? 히로아키 님과 플로라도 함께요."

플로라가 대답하고 크리스티나의 안색을 살폈다.

"……그래."

크리스티나가 난처해하며 고개를 끄덕였다. 모의전에서 리오에게 지고 신장 제어를 소홀히 하는 바람에 대참사를 일으킬 뻔해 크리스티나에게 혼이 난 뒤로 히로아키는 크리스티나를 어려워했다. 몇 번쯤 친해지려고 자리를 만들었지만, 참가는 해도 냉담한 태도가 눈에 띄었다. 덤으로 히로아키가 화난 이유를 플로라를 통해 넌지시 물어봤더니 이런 대답이 돌아왔다.

"너는 어차피 언니 편을 들걸."

최근에는 약혼자인 플로라와도 거리를 두고 로아나와만 있는 지경이었다.

근신은 오래전에 풀렸고 가르아크 왕국에도 데려갔지만, 지금도 로아나만 불러 다른 방에 처박혀 있었다.

아무리 용사라고는 하나, 용서할 수 있는 것과 용서할 수 없는 것이 있었다. 용서할 수 없는 짓을 벌였는데도 용서해준다면 히로아키의 성격만 비뚤어질 테고 분간을 못하면 적만 만드는 꼴이었다.

크리스티나는 그런 간단한 것을 알려주고 싶었을 뿐이었다.

그런데 그 간단한 것이 어려웠다. 가능한 한 정중하게, 예시도 섞어서 말했건만, 히로아키에게는 잘 전달되지 않았다. 자신의 설교는 쓸데없는 잔소리였을까. 애초에 그냥 자신이 마음에 들지 않은 걸지도 몰랐다.

'……뜻대로 안 되네.'

크리스티나는 울적한 한숨을 내쉬었다.

그때였다.

"실례합니다."

문도 두드리지 않고 문이 열렸다.

"무례한 놈! 이곳이 크리스티나 님과 플로라 님의 방인 줄 알고 하는 짓거리냐?!"

바네사가 반사적으로 격노하며 허리에 찬 검으로 손을 뻗었다. 왕족이 머무는 방을 노크도 없이 열다니 예의에 어긋났다.

"네, 알고 왔는데요."

그러나 방에 들어온 남자는 태연하게 대답했다. 그뿐만 아니라 남자의 뒤에서 무례하게 안으로 들어왔다. 셋 다 검은 로브를 걸쳤고 입가를 천으로 가려 얼굴 확인이 안 됐다.

"……'인챈트 피지컬 어빌리티'. 너희는 누구냐?"

바네사가 주문을 외워 신체 능력을 강화하며 검을 뽑아 들고 남자들을 검문했다. 크리스티나와 플로라를 지키기 위해 그들 사이에 끼어들었다.

"이 상황에 곧이곧대로 대답할 놈이 있겠어?"

앞에 선 남자가 비웃으며 대답했다.

"선내에 병사와 기사가 있을 텐데."

크리스티나가 플로라를 뒤에 세우고 말했다.

"중간에 만난 놈들은 저세상에서 잘 지내고 있을 거예요. 방심하셨네. 마도선 안이라고 적이 없을 줄 알았나?"

앞에 선 남자가 말하자 뒤에 있는 두 남자가 바보 취급하며 웃었다.

"……크리스티나 님, 플로라 님, 제 뒤에 숨어 구석까지 물러나십시오."

바네사가 날 선 얼굴로 검을 들고 두 사람에게 지시했다.

"이리 와, 플로라."

크리스티나가 즉시 플로라의 손을 잡고 방구석으로 데려갔다. 그리고 플로라를 보호하듯 뒤에 세웠다. 바네사도 방구석으로 이동해 두 왕녀를 지키는 벽이 되었다.

"오. 오. 뭐, 실내에서 습격당하면 그렇게 방어하는 게 정석이긴 하지. 시간이 흐르면 수상함을 느끼고 소란스러워지겠지. 빨리 처리하자고. 이봐."

앞에 선 남자가 턱짓으로 신호하자 뒤에 있던 두 사람이 좌우로 갈라져 크리스티나 일행을 포위하며 접근했다. 앞에 선 남자도 정면에서 접근했다.

"……."

바네사가 경계를 굳건히 하며 어디서 공격하든 첫 놈은

반드시 죽일 생각으로 세 방향에 선 남자들을 향해 기민하게 검을 겨눴다.

"무서워라."

덩치 큰 남자가 비웃으며 말했다.

'……검을 뽑지 않는 것을 보니 이 남자들의 목적은 전하들의 목숨이 아니라 납치인가?'

바네사가 일정 거리까지 접근하고도 검을 뽑지 않는 남자들을 응시하며 생각했다.

"언니……."

"걱정하지 마, 너는 내가 지켜."

불안하게 소매를 잡는 플로라의 손을 크리스티나가 꼭 잡았다.

"하아앗!"

앞에 선 남자가 소리를 지르고 다른 사람과 타이밍 맞춰 일제히 바네사에게 달려들었다. 찌르기로는 세 사람에게 동시에 대처할 수 없었다.

"큭……!"

바네사는 작은 동작으로 검을 고쳐 들고 오른쪽에서 왼쪽으로 세 사람을 한꺼번에 베기 위해 검을 휘둘렀다.

조준과 타이밍이 정확한 더할 나위 없는 공격이었다. 제일 먼저 공격한 사람의 몸을 절단시키고, 두 번째에 칼이 박히면 세 번째와 함께 엎어뜨린다. 바네사는 순식간에 시뮬레이션을 끝냈다.

그러나 예기치 못한 쇳소리가 울려 퍼졌다.

"뭣?!"

바네사는 당황했다. 오른쪽에서 달려든 남자가 허리춤에 찬 검을 뽑아 바네사의 검을 막았다.

"이렇게 달려들면 그렇게 검을 휘두르기 마련이지. 공교롭게도 이런 거친 일에는 익숙하거든. 대처법도 빠삭해."

오른쪽에 있는 남자가 득의양양하게 웃으며 말했다. 다른 두 명이 무기를 잃은 바네사에게 달려들었다.

"뭐, 그만 푹 자라고."

덩치 큰 남자가 손에 숨겨둔 나이프로 바네사의 복부를 날카롭게 찔렀다. 그리고 손목을 비틀어 나이프를 억지로 빼냈다.

"으……으윽……."

바네사는 참지 못하고 바닥에 무릎을 꿇었다.

"웃차."

"컥……!"

달려든 다른 남자가 바네사의 얼굴을 옆에서 걷어찼다. 바네사의 몸이 시끄러운 소리를 내며 가구에 부딪혔다. 어딘가에 잘못 부딪혔는지 그대로 축 늘어졌다.

"'쇼크웨이브'."

남자들이 방심한 틈을 타 크리스티나가 손을 뻗고 주문을 외웠다. 그 순간, 술식에 의해 빛의 마방진이 만들어지고 강력한 전격이 전방을 덮쳤다.

"으악!" "윽!" "큭……!"

남자들은 검을 빼고 급히 뒤로 도약했다. 그러나 전격이 금속인 검에 빨려 들어가 남자들을 덮쳤다.

"'포톤 배럿'."

크리스티나는 도약한 남자들을 향해 빛의 탄환을 연속으로 쐈다. 그중 몇 개가 남자들을 뒤로 날려 쓰러뜨렸다.

"……넌 거기 있어."

크리스티나가 플로라에게 지시하고 쓰러진 남자들에게 조심스럽게 다가갔다. 곧바로 주문을 외워 조준할 수 있게 손끝은 남자들은 향한 채로.

'……기절했나?'

눈을 감은 그들의 얼굴을 확인하고 가슴을 쓸어내린 크리스티나는 힘을 빼고 손을 내렸다.

"이제 괜찮아. 이리 오렴. 이 방은 위험해. 바네사가 괜찮은지 확인하자."

그리고 플로라를 돌아보며 지시했다.

"어, 언니!"

그 순간, 쓰러졌던 남자들이 일제히 일어나 달려들었다.

"무슨……!"

가까이 있던 남자가 크리스티나를 뒤에서 포박했다. 그리고 나머지 둘이 방구석에 선 플로라에게 달려가 양옆에서 구속했다.

"거참 말괄량이 공주님이네. 사정없이 마법을 쓰셔."

뒤에서 크리스티나를 포박한 남자가 어이없어하며 말했다.

"……당연해. 죽어도 상관없다는 생각으로 마법을 발동했으니까. 어떻게 살아있는 거지?"

크리스티나가 화가 난 얼굴을 일그러뜨리며 물었다.

"공교롭게도 우리는 모두 마검으로 신체를 강화했거든요. 첫 공격은 검에 마력을 주입해 위력을 상쇄했고 마력탄은 육체를 강화해 견뎠습니다. 아프긴 아팠지만 말이죠."

크리스티나의 가는 팔을 잡은 남자의 손에 힘이 실렸다.

"윽……. 손 놔, 이 자식."

크리스티나는 아픔에 얼굴을 찌푸렸다.

"아뇨, 못 놓습니다. 또 날뛰면 곤란하니까요. 그러니……."

찰칵. 소리가 났다. 뭔가 목에 닿는 느낌이 들었다.

'마봉의 족쇄? 큭…….'

크리스티나는 무슨 짓을 당했는지 깨닫고 얼굴을 찌푸렸다.

"또 소란을 일으킬 생각이라면 귀여운 동생분의 손톱이라도 하나 뽑아드릴까요?"

뒤에서 크리스티나를 포박한 남자가 말하자 플로라가 고통을 호소했다.

"하지 마!"

크리스티나가 당황하며 그들을 말렸다.

"음? 뭐라고요?"

뒤에서 크리스티나를 포박한 남자가 시치미를 떼며 물

었다.

"……뽑을 거면 내 손톱을 뽑아. 더는 저항하지 않겠어."

크리스티나가 힘없이 대답했다.

"하하. 굳세기도 해라. 우리 상사가 참 마음에 들어 하겠어요, 당신."

남자가 크리스티나의 뒤에서 웃었다.

"……너희의 목적은 뭐지? 납치라면 나만으로 충분할 텐데."

그러니까 플로라에게는 손대지 말아달라며 크리스티나가 호소했다.

"그러면 제2 왕녀님은 볼일 없으니 살려둘 필요가 없겠네요."

"잠깐. 죽일 거면 나를……."

크리스티나가 다급히 호소했다.

"아, 안 돼요! 누군가 죽어야 한다면 제가!"

플로라도 황급히 대화에 끼어들었다.

"큭, 크하하하하하! 안심하세요. 누굴 죽일 생각은 없습니다. 그럴 생각이었다면 이미 오래전에 죽였죠. 인질은 많을수록 좋다는 요청이 있어서요. 처음부터 두 명이 필요했어요. 마력탄으로 아프게 해서 앙갚음한 겁니다."

뒤에서 크리스티나를 포박한 남자가 크게 웃은 뒤 말했다. 이 얼마나 심술궂은 행동이란 말인가.

"악취미……."

크리스티나는 입술을 깨물었다.

"두 분 사이가 좋아 보여 안심했습니다. 이러면 이동한 곳에서도 사이 좋게 있을 수 있겠네요."

"우리를 어디로 데려갈 셈이지?"

"어느 왕국이요. 공교롭게도 저희도 일정이 쌓여있어서 지시받은 장소로 보낸 다음에는 어떻게 되는지 모릅니다. 인제 그만 가실까요? 이 소동을 눈치챈 놈들이 올지도 모르니까요. 자, 이쪽으로."

남자가 크리스티나의 팔을 억지로 당기고는 어째선지 방문 쪽이 아니라 플로라가 있는 구석으로 걸어갔다.

"꺅······!"

플로라가 선 구석으로 떠밀린 크리스티나가 작게 비명을 질렀다.

"언니."

플로라가 언니를 꼭 끌어안았다. 한편, 남자들은 크리스티나와 플로라가 움직이지 못하게 검을 겨눴다.

"······어쩌려고? 우리를 데려가려는 거 아니었나?"

역시 플로라와 함께 죽일 생각인가? 조금 전의 끔찍한 대화를 생각해보면 충분히 가능했다. 크리스티나는 위기를 느끼고 초조해졌다.

"네, 데려갈 겁니다. 말씀드렸을 텐데요. 우리도 일정이 쌓여서 지시받은 장소로 보내면 뒷일은 어떻게 될지 모른다고. 그러니까 뭐, 이런 겁니다."

남자가 로브에서 붉은 마력 결정을 꺼냈다. 그것을 크리스티나와 플로라를 향해 던지고…….

"'텔레포트'."

공간 마술 주문을 외우자 마력 결정을 기준으로 공간이 일그러졌다.

"……어?"

무슨 일이 벌어졌는지 이해되지 않는다는 표정을 지은 크리스티나와 플로라의 모습이 한순간에 사라졌다.

"자, **레이스 님에게 들키지 않게** 우리도 어서 돌아가자. '텔레포트'."

남자가 다른 붉은 마력 결정을 꺼냈다. 그리고 주문을 외우자 세 사람이 모습을 감췄다.

"야! 무슨 일이야?!"

가까운 방에 로아나와 틀어박혀 있던 히로아키가 소란을 알아채고 나타난 것은 그 직후의 일이었다.

슈트랄 지방 중앙 북동부에 있는 파라디아 왕국이라는 이름의 소국. 그 서부에 있는 숲속에 숲과 어울리지 않는 드레스를 입은 크리스티나와 플로라가 서 있었다. 플로라는 어두운 숲속에서 주위를 둘러보며 불안스레 언니에게 달라붙었다. 불과 조금 전까지도 마도선에 있었는데 어째서 숲속에 있게 된 걸까.

인기척은 없었다. 초목이 바람에 술렁이는 소리와 귀를 기울이면 새와 짐승의 울음소리가 들렸다.

마치 꿈이라도 꾸는 것 같았다. 그러나 꿈이 아니었다. 목에 찬 금속 목걸이가 그것을 증명하고 있었다.

"……여기는?"

크리스티나는 목걸이에 손을 대고 어두운 숲속을 둘러보며 멍하니 중얼거렸다.

정령환상기

크리스티나와 플로라가 파라디아 왕국 숲으로 전송되고
몇 시간이 지났을 무렵.

"으음, 피곤해……."

이날 세리아는 로다니아 아카데미에서 강의를 마치고
영빈관을 걷고 있었다.

'수고했어, 세리아.'

영체화해서 호위하던 아이시아가 세리아에게 말했다.

'고마워. 어서 돌아가서 맛있는 거 먹자.'

'응.'

아이시아의 목소리에서 살짝 기쁜 기색이 느껴졌다.

'앗, 그 전에 집무실에 들러야 해. 크리스티나 님이 돌아
오셨을지도 몰라. 오셨으면 인사드려야지.'

세리아가 운을 떼고 영빈관에 있는 중앙 집무실로 걸음
을 옮겼다. 안에는 레스토라시온 간부 귀족들과 그 비서들
의 책상이 있고 가장 안쪽에 크리스티나의 책상이 있는데
크리스티나에게는 전용 집무실이 있어서 그쪽을 이용하는
일이 많았다.

이곳에 오면 누가 지금 어디 있는지 대충 알 수 있어서
크리스티나 일행이 돌아왔다면 알지도 모른다고 생각했다.

'생각해보니까 도착했어도 피곤해서 쉬고 계실 수도 있

겠어.'

세리아는 그렇게 생각하면서도 중앙 집무실 문을 두드렸다.

똑똑.

'……이상하네. 안에 아무도 없나? 그러고 보니 오는 길에 아무도 못 만났어.'

대답도 없고 누가 나오는 기척도 없어 세리아는 고개를 갸웃거렸다. 퇴근하지 않는 한, 아무도 없을 리가 없는데…….

똑똑. 다시 문을 두드렸지만, 역시나 대답은 돌아오지 않았다. 하는 수 없이 직접 문을 열어봤다.

"……실례합니다."

슬쩍 안을 들여다보니 집무실은 썰렁했다. 방에는 아무도 없었다. 이게 대체 무슨 일이지. 이상한 마음에 고개를 갸웃거리는 사이.

"잠깐, 아이시아. 위, 위험해. 아무리 아무도 없다지만, 이런 곳에서 실체화하면…….."

아이시아가 갑자기 실체화해 세리아 옆에 나타났다. 세리아는 황급히 아이시아에게 주의를 줬다.

"……물러나. 수상한 기척이 느껴져."

아이시아가 방 한쪽을 응시하며 세리아에게 말했다.

"어……?"

세리아의 시선이 아이시아를 따라 움직였다.

거리는 약 몇 미터. 그곳에는…….

"역시 이만큼 접근하면 알아채는군요. 그리고 역시나 거기 있는 세리아 크렐의 호위로 영체화한 당신이 붙어있고……. 혹시 몰라 기대했는데 **그 남자에게 보기 좋게 한 방 먹었군요**. 참…… 난처하네요."

프로키시아 제국의 대사인 레이스가 가만히 서 있었다.

여러분, 안녕하세요. 키타야마 유리입니다. 이번에 '정령환상기 13. 한 쌍의 자수정'을 구매해주셔서 진심으로 감사드립니다.

13권은 어떠셨나요? 조마조마하게 끝났지만, 리오와 아이시아라면 반드시 어떻게든 해주겠죠?! 아무튼 뒤가 궁금하시다면 그보다 좋은 게 없겠습니다.

14권도 손에 땀을 쥐게 만드는 뜨겁고 재미있는 이야기가 펼쳐지도록 열심히 제작 중이니 발매를 기대하며 기다려주시면 영광입니다! 그리고 이 자리를 빌려 몇 가지를 알려드리겠습니다!

먼저 '정령환상기' 드라마CD 부록 특별판 2탄을 14권과 함께 발매하기로 결정됐습니다! 여러분 덕분에 2탄(12권 특별판)을 재판할 만큼 매상이 좋아져서 2탄 발매 결정이 이루어졌습니다. 여러분의 뜨거운 요청에 부응하고자 2탄에는 1탄에 등장하지 않은 캐릭터들도 등장할 예정이니 자세한 내용 발표와 발매를 기대해주세요!

그리고 '정령환상기'가 시리즈 누계 75만 부를 돌파했습니다! 구체적인 숫자를 알게 된 건 저도 이번이 처음인데 모르는 사이에 백만 단위에 가까워진 모양입니다! 이 또한 매일 각별한 성원을 보내주신 여러분 덕분이라고 이 자리를 빌려 인사드리겠습니다. 정말 감사합니다!

여러분에게 이 빚은 재미있는 이야기를 쓰는 것으로만 갚을 수 있다고 생각합니다. 하지만 상업적으로 이야기를 쓰려면 작품의 약진도 꼭 필요하니 앞으로는 '목표 백만 부 그리고 애니화!'를 목표로 최대한 노력하겠습니다! 그러니 괜찮으시다면 앞으로도 오래오래 '정령환상기'를 사랑해주세요.

마지막으로 '정령환상기' 온리샵도 1탄이 대성공해서 2탄을 개최하게 되었습니다! 이번에는 도쿄, 오사카, 나고야, 세 도시에 출전합니다! 자세한 내용은 멜론북스와 HJ문고, 그리고 제 트위터와 공식 사이트에서 확인해주세요!

이번에는 이쯤 하겠습니다. 14권에서도 만나길 바라요!

2019년 3월 초 키타야마 유리

정령환상기

14. 복수의 서정시

프로키시아 제국 왕성에서
초대 황제를 자처하는 남자와 싸운 리오.
그렇게 얻은 정보를 단서로
그는 진로를 파라디아 왕국으로 바꾼다.

모든 것은 루시우스에게
복수하기 위하여.

한편 그 무렵, 파라디아 왕국의 숲에는
강제 전이된 두 왕녀가 있었다.

마력이 봉인된 크리스티나는
그럼에도 굳세게 행동하고 플로라를 지키며
상황을 헤쳐나갈 방법을 모색하는데……

SEIREI GENSOUKI Vol.13

©Yuri Kitayama
Originally published in Japan in 2019 by HOBBY JAPAN CO., Ltd.
Korean translation rights ©2021 by Somy Media, Inc.

정령환상기 13 —한 쌍의 자수정—

2021년 10월 30일 1판 2쇄 발행

저　　자 키타야마 유리
일러스트 Riv
옮 긴 이 이은혜
발 행 인 유재옥
본 부 장 조병권
담당편집 정영길
편 집 1 팀 이준환 박소연
편 집 2 팀 정영길 조찬희 박치우 조현진
편 집 3 팀 오준영 곽혜민 이해빈
디 자 인 김보라 서정원
라이츠담당 한주원 이다정
디 지 털 박상섭 이성호 최서윤
발 행 처 ㈜소미미디어
제 작 처 코리아피앤피
등　　록 제2015-000008호
주　　소 서울시 마포구 토정로 222, 403호 (신수동, 한국출판콘텐츠센터)
판　　매 ㈜소미미디어
마 케 팅 한민지 최정연
물　　류 허석용
전　　화 편집부 (070)4164-3962, 3963 기획실 (02)567-3388
　　　　　판매 및 마케팅 (070)4165-6888 Fax (02)322-7665

ISBN 979-11-6611-659-9 (04830)
ISBN 979-11-6611-646-9 (세트)